ウミガメを砕く

久栖博季
Kuzu Hiroki

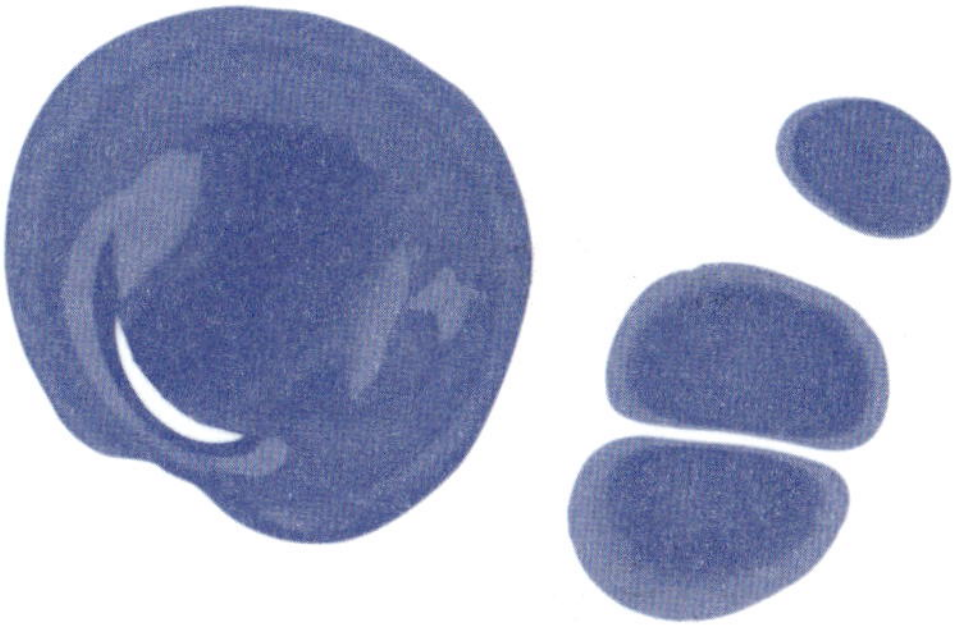

新潮社

目次

ウミガメを砕く

ウミガメを砕く

1

素足で陶器の破片を踏んだら、目の中に炎が燃えた。烈しいのに暗い炎だった。わたしは咄嗟にiPhoneのライトを点灯してマントルピースの上を照らし、その上に置いてある古い写真を睨みつけた。そうして動物に囲まれた写真のひとを目の中の炎に閉じこめて「アッシジの聖フランチェスコ」と揶揄する。そのひとの髪は短くさっぱりして、のぞいた耳朶には大きな銀色の輪のピアスをしていた。紳士物の大きすぎるズボンの裾を何度か折り返して板張りの小屋に両足を開いて立っている。女性なのに、わたしが聖フランチェスコという男性とかさねるのは、写真の前に立つたびに力強くて大きなてのひらで心臓を握りつぶされる思いを味わうせいだ。キタキツネ、エゾリス、それからオコジョが足下に遊び、背後には雌雄のエゾシカが並んでいる。この写真は彼女の誕生日に撮ったものなのだと母さんは言った。もうずいぶん昔になる。「あのひとったらね、若い頃の写真をいつまでもこんなところに飾らないでよって言うのよ。昔のことなんてとうに捨てたんだからって」

手前に木製の机が写っていて、その上に何十羽と小鳥が集まっている。写真の中の聖フランチェスコは若い頃の春呼《はるこ》おばさんで、今にも小鳥たちに説教を始めそうだ。でもその言葉は小鳥にではなくて、本当はわたしに向けられているのではないか。写真を睨みつけて、その言葉の気配をわたしは鋭い視線で遮るのだ。

照らしていたiPhoneの光をずらして、陶器の破片を踏みつけた足下を照らす。どうしてこんなところに陶器の小鉢が落ちて割れてしまったのだろう。午前五時の少し前だった。遮光カーテンを開けたら日の出まもなくの白々とした朝の光が入ってきて、薄闇だった空間が灰色になる。両親はまだねむっていて、だれもいないリビングで水槽のカメだけが騒いでいた。わたしは大型の水鳥のようにすうっと片足を持ち上げ、そのまま手で足の裏に突き刺さった陶器の破片に触れると、うめき声ひとつあげず、深く食い込んだ破片を抜き取った。フローリングに赤黒い血が垂れる。痛みは全くない。三十を過ぎた足の裏の皮はすっかり厚くなって、もう何を踏んでも痛くない。上靴の中に画鋲を入れられて、外履きから履き替えたときに、痛い痛いと足の裏に突き刺さった針先のために泣いた、小学生のあの頃はもうずいぶん遠い。

片足立ちがきつくなってよろめいた。上げた片足を下ろして垂れた血の上に着くと、ぬるりと滑った。じっとして血を見ていると気が遠くなる。それは今も昔も変わらない。血の気が引いて、わたしの顔は青くなる。でも体の中には赤い血が細く流れつづけている。ちゃんと食べなくても血は流れる。食事を受け付けなくなることがときどきあって、そういう時はたいていカロリーメイトのチョコレート味を少しずつ、カリカリと削っていくように小さく食べる。これだけはなんとか口に入る。数日かけて一箱四本入り四百キロカロリーを食べる。年をかさねるごとに、わたしはどんどん省エネになっていく。地球環境の問題を考えればそのほうがいいのだろう。いっそ食べないということのほうが。食べなくなったら心臓が小さくなった。ふるえるような、かすかな一拍で全身に送られる血はとても少ない。足りないから、人より余計に鼓動を重ねる。生き物が一生のうちに打つ鼓動の数は種によってだいたい決まっていると本で読んだことがある。だからわたしは一拍一拍、だれよりも速く鼓動を打ってどんどん命を削っていく。

陶器の破片を拾い集めて、燃えないごみの袋に入れた。いい加減にほうりこむと、破片と破片がぶつかりあってがちゃがちゃ騒がしい音が落ちていった。高校生の頃、町の公園で開かれていたバザーで手に入れた小鉢だった。奇妙な公園で、もとは幅が八十メートル、長さが二・四キロメートルの運河だった。運河が埋め立てられて公園になったのは平成になってからだそうだ。異様に細長い形をして、そのあたりは町の中でもとくに、一年中湿度が高い。どうもむかしからそういうものらしく〈みずやどり〉という地名がついている。〈みずやどり〉は、水宿りだろうか。水が宿る場所というなら、あの場所にぴったりだ。小鉢は四つセットで売られていて、内側に青い線模様がすっと通っていた。魚なんか描かれていないのに〈泳ぐ〉という言葉が自然と思い浮かぶ不思議な模様だった。四つセットのうちの一つだけを買いたいと言ったら、露店の店主が嫌な顔をした。ばら売りを想定していなかったのかもしれなかった。それなら仕方ないからあきらめようと思って背を向けて、歩き出したら追いかけられた。三百円、三百円でいいよ、と店主は言った。他にも未使用のタオルのセットや入浴剤、古着、手作りアクセサリーなんかが売られていた。不要になった物を処分するのにうってつけのバザーが定期的に開かれていた。今でも時々開催されているようで、郵便受けに日時の書かれたチラシが入っていることがある。母さんの話によればあそこは運河の頃からずっと不要品の行き場だった。着なくなった服も生活ごみも全部運河に投げていたのよ。なにそれ、とわたしは思う。そんな合法的不法投棄なんてありえたんだろうか。だって仕方ないでしょ、そういうものだったんだから、町の議員さんだってこっそりといろいろな物を捨てていたよ、と母さんは言っていた。

露店の店主に三百円を手渡した。緩衝材とか、古新聞に包まれるということもなく、わたしのてのひらに陶器の小鉢が乗せられた。ありがとうございましたー、店主は小走りで露店に戻っていった。よく帰路の途中で割れなかったと思う。自転車のカゴにそのまま置いて、何度目かの赤信号に引っかかった時に強くブレーキをかけたら、カゴの中を転がった。でもこの時は割れなかった。

それが今朝割れてしまった。

ダイニングテーブルの上に出しっぱなしになっていた濃紺の小皿に焼き鮭の切り身が乗っている。ゆうべ焼いたけれど、けっきょく家族のだれも食べなかった。ラップだけかけて冷蔵庫にしまうのを忘れていた。九月の真夜中から早朝にかけての時間帯は涼しいから、きっと傷んではいないだろう。焼き鮭は朝に食べたい、と父さんはよく言っていて、そうよねえと母さんはその都度父さんに話を合わせた。それで夜には食べられることなくそのままになる焼き鮭も、翌朝にはいつも半透明の骨だけ残してきれいに平らげられる。というか、朝起きてごはんを食べようとした時に鮭がなかったら、それだけで父さんの機嫌は悪くなった。面倒くさい、けれどどうしようもないことは、いくらでも家庭の中から湧いてくる。両親に対して思うのはよく離婚しないで歩んできたよねということで、いずれ「添い遂げた」と言えるのは先に死ぬほうなんだろうか。

この鮭はどこで生まれたんだろう、と小皿の上の切り身を見てふと考える。小学校五年生になるまで続いた引っ越しの多い学校生活のどこかで読んだ国語の教科書のせいだ。どういうわけか、ひどく印象に残っているその教材は「説明文を読む」というような単元の文章で、鮭の一生について書かれたものだった。川の上流の澄んだ水の中で生まれた稚魚は川を下りながら少しずつ成長し、やがて広い海に出る。数年のあいだ回遊し成魚になった鮭は、今度は生まれ故郷の澄んだ水を目指して川を遡る。そうして辿りついた生まれ故郷で産卵し、命を次の世代へ繋いで一生を終える。そんなことが書いてあったのを子供の頃に読んで以来、わたしの胸のうちには生まれ故郷に帰って死ぬイメージが錘《おもり》のようになって沈んでいる。けれどもわたしは生まれ故郷を覚えていない。自分がどこで生まれたのかよくわからない。それはわたしたち家族が目まぐるしく転勤を繰り返す父さんに引っ張られて、海沿いの町をあちらこちらと引っ越していたせいだった。なんの決定権もなかったわたしの人生の足取りはちっともきれいじゃない。振り返っても、どこをどう歩んできたのかわからない足跡が曲がりくねってついている。辿ろうとしても必ずどこかで見失って、故郷なんてわからないまま、わたしには結局その時々の「今」いる場所が点々とあるだけだった。

水槽のカメが前脚でぬるい水を搔き、後ろに波をつくっている。目の前は汚れた壁でどこにも行けないというのに、どこかを目指すかのように前進しようとする脚の動きは強い。ひとえ、ふたえ。ぬるい波がいくつも線になって水槽の反対側に寄せる。その線をかぞえるようにながめていたら、夕香《ゆかる》、とわたしを呼ぶ春呼おばさんの声がきこえてくる。ここにはわたしと水槽のカメしかいないはずなのに、わたしを呼ぶ声は波の線に沿って繰り返し寄せるように大きくなっていく。前の声の残響が後からきこえる声に追いつかれると、ほどけるように空中に溶けた。わかっている、本当はだれの声もしていない。カメもわたしも喋ってなんかいない。それでも、わたしは呼ばれている。夕香、と呼ぶひとえの線をつかまえたくて、わたしは振り返り、思い出の中の楕円形の水源を自分の胸のうちに見る。

小学生の時、学校行事の遠足みたいにお弁当までつくって、町の中心部から車で一時間半ほどの山に登った。おじい、父さん、それから父さんの姉にあたる春呼おばさんがいた。母さんはダニがつくから嫌だと言ってついてこなかった。大人たちは、ぼりぼり、むきたけなどと呼ぶキノコを採って歩き、わたしは秋の野草を摘んでいた。休憩だと言って腰を下ろしたビニールシートの、風に捲《めく》りあがりそうな端っこを石ころで押さえたりしながら会話は弾み、大人たちは楽しそうだった。

わたしはビニールシートから立ち上がり世界からふっと消えてしまうことを願いながら輪の外へ抜け出た。背の高い植物が風にゆれてできる波を泳ぐように掻いて進んで、楕円形の水源を見つけた。澄んだ水に空は映らなくて、浅い水底の灰色の石ころがはっきり見えていた。しゃがみこんで、手を突っ込み水面をやぶいた。水は冷たかった。平たい石をひっくり返すと、底のほうから体の細いエビが脚をせわしく動かしながら浮いてきた。輪郭線はあるけれど体全体は水と同じ無色透明にすきとおって、その体は水の流れを通してしまいそうだった。浮かんだエビをてのひらに掬って水からあげると、触角を立てて黒い目玉を突き出した。頭胸部にびくびく動くものが見えた。暗い青色をした心臓だった。エビの体は弾かれたように激しく動いたかと思うとすぐにくたっと横になって動かなくなり、てのひらに貼りついた。もう片方の手の親指と人差し指で、エビを潰した。青色の心臓がエビの輪郭線をなぞるようにぱっと散った。

大きな魚が見えた。水底の石に体を擦りつけて進むたび黒い遊泳の線がたわんだ。わたしは水にエビを滑り落として靴を脱ぎ、草の中に抛り出した。水面にそっと片方の爪先をつけ、それから踵を沈めて、底を踏みしめた足が見えていることに安心して水源を進むと、あっという間に腰まで水に浸かった。川の上流の形をはじめて知った。水に潜って目をあけると、深緑色の水草が流れにゆれていて、そのあいだを魚影が低く動いていた。そのまま二歩三歩と進んで魚に近寄った。日に焼けた腕を伸ばすと、水中に沈む光が遮られて足下に影ができた。水源をゆっくりと泳ぐ魚の腹の下にも青い影が落ちていた。わたしはその青さに吸い寄せられていった。魚の眼は少しも動かずこちらをじっと見ていた。指先が鱗に触れた。そこから先は素早く両手で捕まえて、大きな魚の形にしがみつくように胸に抱いた。海から戻ってきて、産卵を終えた鮭だった。

ところが、それまでじっとしていた魚は最後の力を振り絞ると、ちぎれかけた尾びれでわたしの腕を叩き、体をしならせて逃げてしまった。わたしは水の中から頭を出して、魚が残したうねりに腕の形がゆらぐのを、呆然と見ていた。草の波は近づくように、また遠ざかるように鳴りつづけていた。

夕香、と急に声をかけられて慌てて岸辺のほうを向いた。ホッチャレは捕まえちゃいけない、とその声はつづけた。春呼おばさんだった。ホッチャレ？　わたしが首をかしげると、ホッチャレはね、生まれた川で産卵を終えて、もうすぐ死んでしまう鮭のことよ、と春呼おばさんの言葉が返ってきた。どうして捕まえちゃいけないの？　と訊けば、ホッチャレは干しても脂焼けしないで随分長持ちするのだけど、和人《シャモ》の役人が獲ったら駄目だって、勝手に決めていったわ。

春呼おばさんの声は、何か秘密を漏らす囁きのようだった。

「和人」と言う時の春呼おばさんの表情は厳しかった。その厳しさはまるで自分と他人を分け隔てる険しい崖のようだった。決してだれにも越えさせないその崖が春呼おばさんをどこか孤立させていた。そしてそういう春呼おばさんの表情を見るたびに、わたしはいつも何かを咎められているようでこわくなった。心臓がきゅっと縮んだ。まったくこんな冷たい水に入るなんて、と春呼おばさんは水から上がったわたしを捕まえて、車から取って来た大きなタオルで濡れた頭を包み込んだ。

「夕香、ちょっと、ねぇ、停電みたいよ。地震だって」

階段を一段ずつ、丸い光が落ちてくる。二階の寝室から懐中電灯を片手に母さんがおりてきたのだ。東北の地震があってから、母さんはいつも枕元に懐中電灯を置いて寝ているらしい。夕香もそうしたら？　と手渡されたものが枕元にあったけれど使わなかった。そして遮光カーテンをあける前の薄闇をうかつに歩いたせいで陶器の破片を踏んだのだ。ああ、地震で落っこちて割れてしまったのか。母さんに言われてはじめて、それまで気がつかなかった小さなゆれを知った。不安定なところに置いてあったのだろう。

七十を過ぎた母さんは白内障の濁った目で、手元の携帯電話をちらちら気にかけている。懐中電灯がもう必要ないとわかると、かわりにテーブルの上の老眼鏡を手にとった。

「父さんは？」

「呼んでも起きてくれないの。停電だよ、停電って言ったって無駄だわ。世界が滅びるかもしれないのに、ちっとも起きないの」

「世界が滅びるって何？」

「さっき春呼ちゃんからメールがきてて」

細いチェーンのついた老眼鏡をかけて、母さんは携帯電話のディスプレイをこちらに向ける。そこにはつい先ほどまで、母さんと義理の姉である春呼おばさんとの絵文字混ざりのやりとりが残っていた。——あと数時間で電波塔がダメになって電波が止まるから、携帯もなんも使えなくなる。——水道が止まるらしいから水を汲み置きしておいたほうがいいよ。——サークルの友達の知り合いの自衛隊の人が震源地の近くですごい地鳴りをきいたから、明日の九時にもっと大きな地震がくるって。

そのひとつひとつに、母さんは短いあいづち言葉を重ねてどんどん不安になっていくのだ。それでね、と真剣なまなざしをわたしに向けて、

「今夜、国際宇宙ステーションが降ってくるんだって」

ニュースを見ようと思ってリモコンを持ち上げボタンを押してもテレビはつかなかった。陽が昇り室内は明るかったけれど停電しているのは本当らしかったのでブレーカーを落としにいった。真冬だったら大変だろうが今の季節なら停電そのものはべつにどうということはなくて、それよりも電気が復旧した時の通電火災のほうがよっぽど怖い。じゃあ国際宇宙ステーションが降ってくるのは怖いだろうかと考えようとしても、なんだか遠くの出来事のようにおぼろなイメージしかわかない。国際宇宙ステーションってどんな形をしていたっけ？　デマならもっとマシな話をつくればいいのに。

フローリングに血の足跡がついていた。陶器の破片を踏んだ感触が足の裏によみがえる。でも、やっぱり痛くない。母さんは皺だらけの首をきゅっとひっこめて「夕香、その足なによ、どうしたの！」と騒ぐ。

燃えないごみの袋を持ち上げると、破片になった小鉢ひとつ分のくずれる音が鳴る。不法投棄なら今夜がチャンスなのかもしれないとひらめいた。だって世界が滅びるんでしょ？　それならちょうどいい。こんなチャンスはなかなか無い。停電の闇にまぎれて、自分がこの家で抱えている「燃えない面倒」をまとめて投棄するのだ。

この世にあるたいていの物体は燃やせる。かん、びん、ペットボトル、発泡スチロール、プラ。迷うようなものがあったら、燃えるごみの袋にいれればいい。どのくらいきれいに洗ったらいいのかわからない汚れたプラスチック容器も、プラ表記の見当たらないプラスチックも全部燃える。というか、どれほど丁寧に細かく分類しても、この町の焼却炉は燃えるごみとプラごみを一緒くたに燃やしているときいたことがあった。ただプラごみの袋は有料ではないから、なるべくそっちに分類したいというだけだ。たいていの日常は燃える。環境に配慮しようがしまいが燃える。でも、どうしても燃えない物が時々見つかって、舌打ちをしたくなる。自分を取り巻く厄介事をわたしは「燃えない面倒」と呼ぶことにしている。面倒事には可燃性のものと、不燃性のものがあって、たとえば嫌いなあいつは燃やせるけれど、あいつへの感情やあいつとの関係性は燃やせない。血縁というものも、わたしにとっては燃えない面倒で、だからいつまで経っても始末がつかないことがある。

「あ、夕香」と母さんがわたしを呼びとめる。「あの化粧水ね、買ったはいいけど気に入らなかったから夕香にあげるわ」

不燃ごみをまとめてから、わたしは母さんの言う化粧水のボトルを手に取ってみる。蓋をあけて、迷わず中身をシンクに捨ててからさっとすすいで、プラスチックごみの袋に入れた。

床を汚さないように片足をあげてケンケンしながら冷蔵庫に焼き鮭をしまう。停電してからそれほど時間が経っていないせいか、まだいくらか冷気が残っている。水槽に近づくと、さっきまであんなにさわいでいたカメは眼をぴったり閉じて水の中でねむっている。乾燥小エビが食べられないで浮かんだまま、白くふやけていた。

2

一番厄介な燃えない面倒が、母さんの部屋のウォークインクローゼットの中にいる。そいつはウォークインクローゼットの中に押し込まれた古い簞笥の上にいて、皮が干からびてちぢんでしまったせいで大きく剝き出しになった義眼でわたしを見下ろす、ウミガメの剝製だ。

足の傷にティッシュを貼り付けて伸縮包帯を巻きつけてから、わたしは脚立を抱えて母さんの部屋に向かった。脚立に足をかけ、暗がりになった簞笥の上をiPhoneで照らす。片手を伸ばしおそるおそる、長いあいだ掃《はら》われずに積もった埃ごしに、五十センチほどの大きさの甲羅の端に触れる。燃やそうと思えば燃えるのかもしれない。どんなに皮が厚くても、生き物の体なら燃えるはずだ。でも、剝製が作られた時にはその姿形を永遠にとどめるようにと願われたにちがいなく、その願いが今では燃えない面倒になっている。廃棄しようと思い立つたび、なぜか春呼おばさんやおじいのことが心に滲んでくる。

重たいカメの口から汚れた糸がはみ出ている。口がひらいてしまわないように縫い合わせてあった。もしもこの糸がなかったら、わたしの顔の真ん前でこのカメは喋り出してしまうかもしれない。

この剝製の最初の持ち主はわからないが、ある時からおじいの持ち物になった。おじいはわたしが高校生になるほんの手前の三月に死んだ。四月から通いはじめることになる高校の、真新しい制服を受け取りに行く日だった。母さんが忙しく車を走らせてあれこれ足す用事のついでに、わたしの制服を取りに行って皺にならないようにハンガーに掛けた。お通夜にこれ着るでしょ？狭い家に親族がひしめいていたせいもあって、制服はおじいの頭上の壁のでっぱりにぞんざいに掛けられた。風が流れるたび紺色のスカートがひらめいて、北を向いたおじいの頭の上が賑やかで楽しそうだった。でも遺体に目を落とすと、楽しくしてはいけないのがわかったし、遺体に触れるのは憚られた。

亡くなる数年前、おじいは家出をした。あとで本人にきいたら家出というわけではなかったけれど、家族はみんな家出だと思って大慌てだったたし、わたしはおじいが晩年に家出をしたトルストイみたいだと思っていた。それにしても、ちょっと運河まで出かけようとして二週間行方をくらますなんてどうしたことだろう。「割れちゃった茶碗を、運河に投げようと思ってな」と見つかったおじいはしょんぼりして言った。「運河？」そんな場所はこの辺りにはなかったから、わたしは訊いたはずだ。すると母さんが「みずやどりの公園のことよ」と言って、わたしはあの公園がもともとは運河だったということを知った。このあたりは昭和の初めころは林業が盛んで、ひとびとは切り出した木材を輸送するために運河を建設しようとした。しかし建設途中で頓挫して、どぶ川のようになったまま放置することになったから、あれは運河もどきだったのかもしれない。そこに近隣の住人たちが次から次へとごみを捨てていった。長いあいだ、下水道の整備も進まなかったので生活排水も流されていたし、平成になってからだれかが外来種のカメを逃がして、それが汚水の中で繁殖し、やがて子孫たちが浮島代わりの一斗缶の上で日向ぼっこをするようになった。

　公衆衛生上の問題から運河は埋め立てられ、公園に整備されて、今ではその場所で不要品を売るバザーが開かれている。おじいが家出した頃はもう公園だったのに、どうしておじいは割れた茶碗を捨てにいこうとしたのだろう。まるでタイムトラベルでもしたように、おじいの中にふいに運河が滲んでしまったのだろうか。そしてかつて海まで繋げる計画のあったその運河から、おじいは竜宮城にでも行っていたのかもしれない。二週間も経って発見されたおじいは、自宅のトイレの窓の下で痛みを堪《こら》えながらじっとうずくまっていた。見つけてくれた近所の人に話をきいたら、鍵のかかった玄関から家に入れなかったおじいは窓から侵入しようと試みたらしかった。トイレの窓だけは、鍵をかけていなかった。どの窓よりも高いから植木鉢を踏み台にして窓枠に腕をかけたまでは良かった。だけれどその姿勢から這い上がることができずに、おじいは墜落したのだ。脊椎の圧迫骨折をしていた。もう歩けないだろうと医者に言われた。

「あら、カメ？」

　おじいの入院する病院に見舞いに行った帰りに、母さんがカメを見つけた。トイレの窓の下で湿った土に後脚をめり込ませ壁に腹をつけて凭《もた》れていた。大きなカメだった。あきらかに一般家庭で飼われるような種類ではなかった。近づいてみるとそれは剝製で、平べったい前脚の形から考えてウミガメだろうということになった。だれがこんなところに置いていったのか。ウミガメを持った不審人物なんて防犯カメラに映っていたらすぐに不法投棄の犯人だとわかるのに、こんな田舎の住宅地にはめったにカメラなんかない。翌日おじいの病院に行った時に話したらおじいは「それは俺を背中に乗せて竜宮城から帰ってきたときのカメだわな。命の恩人みたいなもんだ」と言った。それをきいたら剝製のカメを打ち捨てておくわけにいかなくなって、薄気味悪いと思いつつ家に入れた。けれどもやっぱり怖くて、わたしは母さんの部屋に忍び込むと、ウォークインクローゼットの背の高い箪笥の上の暗がりにウミガメを置いたのだった。

脚立の軋んだ音が、ウミガメを巡るあれこれの記憶からわたしを現実へ引き戻す。iPhoneを消してポケットにしまう。剝製を両手で摑んで脚立をおりようとしたらバランスを崩した。それでも離さない。まるでしっかり捕まえていれば溺れずに済むと思っているみたいに抱きしめる。ウミガメの、甲羅の大きさのわりに小さな頭の中には、おじいを背に乗せて泳いだ記憶がきっと残っている。わたしはおじいのことが大好きだったからずっと忘れたくない。でも、おじいと、その娘の春呼おばさん、それからわたしにまで薄く流れるアイヌの血のことは忘れてしまいたかった。それで今夜、このウミガメの剝製を運河に捨てるのだ。そう決意した途端、ぎゃっと声を上げて顔をそむけたのは、あの糸のはみ出た口がわたしの唇に触れそうなほど近くにあったからだ。

3

ウミガメの剝製を自宅玄関のすぐ前に停めてある〈化石食い〉に積み込んだ。それから自分の寝室に戻ったら午前六時を過ぎていた。二度寝にはまだ間に合う時間だ。ベッドに横たわって、最近くりかえしみる夢について考える。その夢のせいでわたしは自動車のことを〈化石食い〉と呼ぶようになったのだ。

夢の中で、わたしは自転車を押して横断歩道を歩いていた。すると向こうから一台の自動車が猛スピードで走って来た。ヘッドライトの光がわたしの視界を真っ白にして、あっと思う間もなくはね飛ばされた交通事故の夢だった。すぐそばに、わたしを殺した自動車があった。それなのに、夢の中のわたしは自分の形をすっかり忘れていて、もっとおおむかしに死んだはずだと思っていた。顎の関節が風に吹かれてぽりっと外れ、そして次に膝が、肘が外れていった。近くに流れていた川がばらばらになった体を飲み込んで海へ運ぼうとした。脳はとっくに失われたあとだったけれど意識は残っていた。どうやら最後の自我らしきものは骨に宿っているらしかった。わたしはやがて川底で化石になった。川の水が引いたあとで、遠くからのっしのっしやってきた動物が化石に顔を近づけてにおいを嗅いだ。化石になった骨ににおいなんかあるんだろうか。動物は鼻先で大腿骨をちょいと突くと、そのままばりぼり嚙み砕いた。〈化石食い〉だ。かたわらで自分を食べていく動物を思ってそうつぶやいたら、前の部分がつぶれた自動車とひしゃげた自転車が見えた。サイレンが鳴っていた。いつもそこで目を覚ます。それ以来、自動車はわたしにとって〈化石食い〉になった。化石燃料で動くのだし、なんだかちょうどいい。

考えているうちに眠りにおちてまたこの夢をみた。ケンタッキーフライドチキンの骨を名残惜しく齧るみたいに〈化石食い〉がわたしの大腿骨を齧っていた。ばりぼり、とても良い音がして、こんなにおいしそうに始末してもらえるなら捕食されるのも悪くないと思った。孤独に死んで、だれにも見つからずに蛆がわくよりよっぽどいい。骨まで食べてくれるならなお心強い。

ベッドの上からねむたい細目で部屋を眺めると、オレンジ色の西日が射し込んでいた。ちょっと二度寝をするつもりが半日ほど眠ってしまった。ドアのほうに一羽の大きな鳥がいて、母さんにそっくりな細長い首を長く伸ばしていた。このまま停電が解消されなければ早くも夕暮れに差しかかった町に暗い夜がくる。それにしても、夕焼け色がにじむ景色にわたしはいつもだまされる。鳥と見えたのは極楽鳥花の鉢植えだった。別に頼んだわけでもないのに「株分けしたから」と言った従姉が家に置いて行った鉢植えが、いつの間にか二階のわたしの部屋にある。この家の人間は観葉植物をあまり好かなくて、一メートル以上もある大型の極楽鳥花を当然持て余した。鳥だと思えばいいんじゃない？　と無責任に言う母さんの声にうなずくように、嘴《くちばし》をすっと突き出した鳥の横顔に似た花がゆれた。極楽鳥なんか見たことがない。頭部はオレンジ色の萼と青色の花弁に飾られていて、そのおめでたさが極楽鳥みたいだということだろうか。鳥の佇まいで澄ましている姿を滑稽に思う。けれども、鉢の下に落ちている細長い影はやっぱり鳥に見えてしまう。

起き上がり、iPhoneのカメラで極楽鳥花の写真を撮る。ＳＮＳにアップするとすぐにレスがくる。「停電大丈夫？　早く避難したほうがいいよ」「余震とか結構あるんでしょ？」「ご無事でなによりです！」だれも鳥に似た植物の話なんかしない。優しく安否を気遣うふりをする。そうか、記号でできたアカウントたちはさわがしい鳥なのだ。ＳＮＳは電波にのって空中を飛び交う、好き勝手啼き放題の鳥たちがさわぐ鳥籠だ。

「だれか、世界が滅びる系の情報しらない？」と、わたしがSNSに投げると「え、なにそれ？停電のせいで？」「もしかして国際宇宙ステーションがどうの、ってやつ？」「落ちてくるんだっけ？　北海道なくなっちゃう？」「まさか」「重力で引っ張られて加速するから、でかいクレーターができるかも」「ないない」「今ググったら国際宇宙ステーションの大きさはサッカー場ひとつ分くらいだって」「意外と小さいね」「じゃあ北海道は大丈夫でしょ、でっかいし」と、次から次へとレスポンスがiPhoneからあふれてくる。どうしてディスプレイが割れてしまわないのか不思議なくらいの圧を感じる。「まだ電波あるんだね、お母さんの職場の同僚のお兄さんの知り合いに気象予報士がいて、三日以内に大きな余震と津波があるから太平洋沿岸の人は気をつけて！」

iPhoneを枕の上に抛り出す。羽毛枕がちょっと沈む。枕元に置いてあった懐中電灯は埃をかぶっていたので触らなかった。今どきiPhoneさえあれば灯りなんてどうにでもなる。

漠然と状況がわかってきた。今朝早くにあった地震の影響で火力発電所が止まった。それで午前三時二十五分から北海道全域が停電に見舞われているのだ。ブラックアウトというらしい。真冬に吹雪で視界が閉ざされるホワイトアウトと合わせて白黒の大地だ。こんな馬鹿みたいなことを考えつく余裕があるから、たぶん世界の滅びの前に立っても、わたしはそんなに深刻になれない。ネットのニュースによると停電は一週間も続くという。

机の上の霧吹きを手に取って、極楽鳥花に水をやる。全体に水をかけると、葉の曲面を滑って先端に集まったしずくに部屋が映る。ドアの横のプラスチック製のスイッチを二、三度ぱちぱち鳴らしても電気はつかない。机に霧吹きを置いて、代わりに鋏を持ってくる。刃をひらいて太い茎を挟む。思い切って刃を閉じると、鳥の頭のような萼と花弁がばさっと落ちた。あまりのあっけなさ。始めからこうすれば良かったのか。鉢植えから全部引っこ抜いて、燃えるごみの袋に抛り込む。こうして押し付けられた燃えない面倒が、たちまち燃えるごみになる。芥子色のコートを腕にかけて、枕の上の iPhone を拾いあげ、尻ポケットにねじ込んで階段を降りた。親に見つからないように出掛けたい時はいつも、玄関に近いこの階段の手摺にコートをかけておいて家を出る時にさっと羽織る。

「仕事がないからって呑気すぎるんじゃない？」

リビングでラジオに耳を傾けていた母さんに言われた。先月まで病院の非正規職員だったけれど辞めてしまった。病院のバックヤードなんて知るもんじゃない。古くて大きな総合病院だった。わたしは非正規の事務員だったけれど、あの駄目になった豆腐みたいな四角いぼろい建物には、医師、看護師をはじめ、作業療法士や理学療法士、言語聴覚士、ケースワーカー、臨床工学技士など様々な職種があって、さらに年功序列で偉いだけの正社員から、信じられないほどの低賃金で働いている派遣の事務員まで、待遇も様々な人間が詰め込まれていた。職種間の連携が全くうまくいっていなかったから、いろいろな問題が起こった。どれもこれも面倒だった。面倒に包囲されて腐ってしまいそうだった。高温多湿だったし、一日中つけっぱなしのマスクの下が臭かった。腐りきる前に、わたしはあっさり離職した。今でも職種間の、または人間関係の燃えない面倒が次から次へと湧いているんだろうか。

全道一斉に停電なんて、今頃あの病院は大変だろう。町で一番大きな病院で入院患者も多く抱えているから、停電が発生しても生命維持に必要な電力は自家発電でまかなっているはずだ。外来診療は縮小して、継続した服薬の必要な患者の対応に専念するのに、元同僚たちが予約変更の電話をひたすら掛け続けたり、やって来てしまった患者にあれこれと事情を説明している姿が思い浮かんだ。

「冷蔵庫の鮭、食べた？」

リビングを横切りながら母さんに訊いたら、

「食べたよ。冷蔵庫も動かないから早く食べないと腐っちゃうし。夕香も何か食べたら？」

「いらない。ってか、父さんは？」

「まだ寝てるみたいよ」

母さんがそんなふうにいい加減に応えたからわたしも「死んだんじゃない？」と軽口をたたいたら「まさか」と予想より大きく反発された。さっきトイレの水が流れる音をきいたと母さんは言った。もしかしたらマイペースな父さんだけ、本なんかを読みふけっていて、まだ停電に気がついていないのではないか。だとしたら、完全に陽が沈み真っ暗になった時にどういう反応をするだろう。部屋の蛍光灯から垂れ下がった紐を何度も引っ張りながら舌打ちをして「使えねぇなぁ」と悪態をつく父さんの姿は、なんだかいつも通りだ。焼き鮭は母さんがみんな食べてしまったし、きっとありつけなかった自分だけ運が悪いと思うんだろう。

「あれ？　母さん、水取り換えといてくれたの？」

水槽を覗き込むと、透明の水を前脚で掻いていたカメが動きを止め、皺だらけの首を伸ばした。わたしが子供の頃はわりとどこの家にもいたミシシッピアカミミガメだ。むかし、縁日の屋台にカメ掬いというのがあって、一回五百円で挑戦できた。「カメが欲しい」と言って立ち止まり、すっかり見入ってしまったわたしの頬を、母さんはぴしゃぴしゃ叩き「これ、みんな生きてるのよ？　だれが死ぬまで世話するの？」と問うことで諦めさせようとした。死ぬまで。その時間は子供のわたしにとって途方もなく長く思えたし、「カメは万年」という言葉を思い出して怖くもなった。わたしよりも長生きするものを、わたしは飼育できない。ところがその日はおじいが一緒にいて「いいだろ、どうせすぐ死ぬんだから」と、わたしのてのひらに五百円玉をぽんとくれた。ホースでゆるく水流のつくられた生け簀の中に親指くらいの子ガメがくるくる回っていた。それを洗濯ばさみのついたモナカで掬うのだ。モナカを手で持っちゃだめ、持つのは洗濯ばさみの部分、と何回も注意された。水に浸したモナカはあっという間にふやけて、洗濯ばさみで挟んだ部分からあっけなくちぎれた。子供には難しくて、たいてい一匹のカメも掬えなかったが、失敗しても必ず一匹はもらえた。

「わたしがカメの世話なんかするわけないでしょ」

それだけ言って、母さんはまたラジオの情報に耳を傾けた。電気がつかないというだけの理由でたいていの店は営業していなかったけれど、店舗の前に停めた自動車から電気を引っ張って、店内の最低限の設備を動かしながら商品を売ってくれる店もあるようだった。ガスボンベや電池を求めて、そういう店に人が殺到している。こういう時、クレカや電子マネーがすぐに使えなくなるのは知っていたけれど、そもそも店舗が営業してくれなかったら現金だって使えない。お金があってもどうにもならない面倒こそ、非日常だ。電動のポンプで水をくみ上げるような高層階の住宅は断水の影響を受けているときいて、わたしは試しに蛇口をひねってみる。勢いよく水が出た。戸建てだし、うちは大丈夫だ。これなら安心してカメの世話もできる。カメの頭めがけて乾燥小エビのおやつを降らせる。「どうせすぐ死ぬんだから」と言ったおじいの声を思い出してひとりで笑う。「マンネンちゃんは長生きだねぇ」とカメに話しかけたら、「なに、気味悪いよ」って、母さんが顔をしかめる。わたしが人間ではない生き物に話しかけるのを嫌っているのだ。母さんは、自分の寝室にもっと気味の悪い物がいたことなんて知らずにいる。

4

音を立てないように気をつけて玄関を出た。どこに行くの？　何時に帰るの？　母さんにしつこく問い詰められるのが面倒で、わたしは見つからないように出掛けてしまうことが多い。

化石食いのロックを解除すると返事をするみたいにヘッドライトが点滅する。「おかえり」と言われているようで、わたしはいつも「ただいま」とつぶやく。陽が落ちていよいよ暗くなってきた。町の灯りは医療機関や消防署とその周辺以外、さっぱり戻っていない。いつもより闇が濃くねっとりしていて、地球の底にいるような気になる。そこから夜空を見上げると、星がきれいだった。全部星なのかな。広い宇宙のあちこちには星と一緒くたになって惑星探査機や人工衛星の残骸が散らばっている。宇宙があまりに広すぎるからもはや拾い集めることもできない不燃物が地球の周りをまわっている。勢いよく地球に向かって投げ捨てたら大気圏で燃え尽きるのか。

空を見上げるのをやめて、運転席に乗り込む。助手席に iPhone を抛り投げたら埃が舞った。キーを挿して回すと、一瞬沈黙してからエンジンがかかる。動くのが億劫だと言わんばかりに、ほとんどの動作がワンテンポ遅れている。よくそれで車検に通ったものだと驚くほど、ぼろい中古の軽自動車だ。去年の冬の朝にバッテリーがあがって駄目になってしまったので仕方なく交換したら、冬眠を邪魔されたと思って怒ったのか、それまでよりもエンジンがかかる音が大きくなった。スーパーマーケットの駐車場で存在感がぐっと増した。カーナビはついていたけれど地図のデータがあまりに古く、現在地を示すカーソルがしょっちゅう道なき道を走った。橋を渡り終えて前はなかった新道に差し掛かる時、カーナビの地図上で化石食いは飛ぶ。せっかく着地してもよく道に迷った。その都度ゆったりした速度になって、道路沿いの電柱を一本ずつ嗅いで回るような走行の仕方は、歩行と呼んだほうが似合う。化石食いに乗っていると歩いているという感じがある。そもそもこの広い大地に生きる人間にとって、車で移動することはほとんど歩くことと同じだ。

息づいた化石食いの中で安心する。エアコンから吹いてくるぬるい風が頬にあたる。「忌み嫌われてるよね」とハンドルを撫でて話しかける。脱炭素とかでさ。化石燃料で動くこの車はあと何年ゆるされるのだろう。化石食いは進化から取り残されて、もうすぐ絶滅してしまう。この町にもハイブリッド自動車が増えつつある。わたしは最後のひとりと一台になっても、ガソリン車に乗っていたい。

スニーカーにおさまった二十三・五センチの足でアクセルを踏み込んで自宅の駐車場を抜けだした。そうして停電の夜の、暗い道路を走る。町は停電していたけれど、化石食いは溢れんばかりに電力を纏って、光りながら進んで行く。iPhoneだってUSBポートに挿せば充電できてしまうし、ヘッドライトはぎらぎら光って夜を見つめている。その光で照らされた夜行性の動物が跳びはねるように逃げ出して、まだ葉を落としていない広葉樹の陰に隠れる。化石食いはまばゆくて、わたしは停電のことなんか忘れてしまいそうになる。信号が点いていなくても、わたしの他に通行する車はなかったから問題にならない。

カーナビに視線を落とすと、地図の映像が乱れていた。地形が壊れた地図上に黒い平原が広がっている。いつものように新しい道路が地図に反映されていないだけではなく、ここに来るまでに通って来た道さえ消えていた。GPSの位置情報が正しく表示されていないのだろうか。さざ波のような線がすっすっと通った。それがふたえ、みえ、と重なる波紋になる。町の名前が地図上で、川面に映る影のように形を変えていく。ここはどこだろう。現在地を示す矢印だけが最後まで輪郭線を残していたけれど、やがてそれも崩れて白く散らばって、骨のように見えた。

一度右折して運河の公園と平行に走る通りに出ると、信号が復旧していた。信号が青をしたたらせる空間に、魚でも泳いでいるような、何かが通る気配がする。子供の頃にあの水源で捕まえようとした魚の感触が大人になってにぶった五感を騒がせる。

化石食いは一度も停止することなく目的地の公園に入り込んだ。公園はしずまりかえっていた。近くに住むひとびとはすでにねむってしまったのか、電気のつかない暗い部屋で電池式のラジオに耳を傾けているのか。水底の泥の中に身を潜める魚のように、ひとびとはじっと動かない。停電の夜は、見えないものきこえないものが多くて、現在が窪んでいる。本来なら、その窪みに嵌《はま》っておとなしくねむるのが一番安全だろう。わたしの運転は駐車場へつづく坂道をくだる。かつて運河だったこの公園は道路よりも低く、埋め立ててつくられたことがひと目でわかる地形をしている。

駐車場に停めてエンジンを切ると化石食いの中に闇が入り込んできて、車内の輪郭が飲み込まれた。泥のような闇に呼吸を慣らす。闇を吸うたびに肺に泥が溜まっていく。そんな空気のおもさに慣れるまで自分の息の音だけきく。暗闇に呼吸がなじむと、まわりの物が輪郭を結びなおした。

闇を動くものだけが迷い込む時間がある。そこにわたしは人知れず、おじいのウミガメを放そうとしている。

5

ほら、外だよ。二十年ぶりくらいの外だよ。と、話しかけながら後部座席のウミガメを抱き上げて化石食いをおりる。暗くて剝製の表情は見えない。駐車場の白線にウミガメを置く。両手が埃っぽくなってざらざらした。いくら不法投棄するにしても埃くらいは落としてやったほうがいいのかもしれない。そう思って運転席のドアを開け、ホルダーに立ててあったペットボトルの水を取り、ヘッドライトをつけてからドアを閉めた。急にできた光の筋が細長く当たって、窪んだ時間がそこだけ溶けて流れていく。ああ、そっか。電気って照らしたり機械装置の動力になったりするだけじゃなくて、そもそも文明世界の時間そのものを動かしているのだ、iPhone の充電や洗濯機を回すタイミングや電子レンジを使いたくなる頻度や、暗くなった部屋に電気をつける頃合い。電気がわたしの時間を動かしている。電動の人生だ。

ウミガメのかたわらにしゃがみこんで甲羅にペットボトルの水をかけた。埃に汚れた水が流れていく、かすかな音がきこえた。

ウミガメのパドルのような前脚は、地上を歩くのに適した形をしていない。水の中で使うほうがずっと役立つこの脚で地面を進んだら、ゆるやかに曲がりくねる波のような線が残るだろうか。

ペットボトルを地面に置いて、コートのポケットから iPhone を取り出す。ロックを解除して、画面の光の中で指を動かし地図をひらく。河口と海はどっちの方角だろう？　調べようと思うけれどカーナビと同じく、こわれた地図が映るばかりでここがどこなのか全然わからない。水面みたいにぬらぬら、画面の内部がゆれていて、ときどき、すっと通る線が生き物の気配を感じさせる。人差し指の腹で画面を動かしながら、まるで水に潜るみたいに、限られた視界を注意深くのぞく。たいていの地名はこわれてばらばらの骨みたいになって沈んでいる。あるいは錆びたジュースの王冠みたいに。おーい、と声をかけたくなった。向こうにはだれかいるだろうか。呼び声にくすぐられた水面がふわっとにおい立つ。このにおいを知っている。子供の頃に出掛けた、あの山奥の水源だ。なつかしい思い出を、わたしはiPhoneをのぞきこむみたいに上から見下ろしている。耳に風を切る音がして、猛禽の力強い翼を思う。層をなす風を滑り降りながら眼下に見える風景を、わたしはオオワシの眼で見ていた。背の高い植物に囲まれた水源には、産卵を終えてもうすぐ命の尽きてしまう鮭が低く泳ぐ。さざ波は岸にぶつかって跳ね返るといくえにも重なって、水面に複雑な文様を描いた。線の一本一本がそれぞれに心をもつように進むうち、ゆらぎ、たわみ、ゆるやかな円を描いては、沈むように消えた。息を継ぐのに水面に浮かんできた生き物がひらいた口で線の端を飲み込むと、はっと驚いたようにひとつ跳ねて、それからまた水に潜った。

少しずつ、少しずつ、わたしの視界の高度が下がっていく。地に足がつくと、足の裏が小石を踏んだ。かつて運河だった公園の駐車場で、わたしはiPhoneをのぞきこんでいる。灯台の名前がひとつだけ残っていた。地図から目をはなし、現在地から方角を確かめる。向こうに歩いていけばいい。海はあっちだ、と、見えない闇に向かってわたしは狙い定める。向こうにはたしかコンサートホールがある。一週間続くかもしれないブラックアウトのさなかでも近くに病院があれば周辺一帯の電力の復旧工事は優先されるようだった。狭いエリアかもしれないがこの辺りの民家の中には電力が戻っている所もあるのだろう。電力の復旧したコンサートホールでは明日予定通りに公演が行われるらしい。ＳＮＳでコンサートホールのアカウントがアナウンスしていた。

ステージにあふれる光を想像したら、それはなんだか嘘みたいだ。

もう一度ペットボトルを手に取り、残っていた水をウミガメに注ぐ。人差し指で甲羅をこすってみると、おじいの硬い皮膚の感触がまざまざと指の腹によみがえってくる。おじいが亡くなっていよいよ火葬という時に、もうこれで最後なんだよ、これでお別れなんだよ、としゃくりあげる母さんに言われて、わたしは棺の中で花に埋もれたおじいに手を伸ばした。人差し指をおそるおそるおじいの額におくと芯から冷たくておじいのようではなかった。もうこれで最後なんだよ、と言われたもっともっと前に、おじいの感触はわたしの手の届かないところへ行ってしまっていたのだと思った。さようなら。それにしても、そこまで泣くほど母さんがおじいに特別な感情をもっていたとは思えなくて、見ていると居心地が悪くなった。働いていた炭鉱の事故のせいで、片方が灰色の義眼だったおじいの目は、ぴったり閉ざされていた。くちびるが、ほんの少し開いていて黄ばんだ前歯の表面が見えた。歯だけは丈夫な人だったよね、と親戚のだれかが言ったのに、アイヌの人は歯が丈夫なのかしらね、と母さんが継いだ。

「夕香、私が死んだら入れ歯だけはすぐにいれてね。でないと、口元が落ちくぼんでみっともない顔になっちゃうから」

「でも母さん入れ歯なんかしてないじゃない」

「今はちがうけど、死ぬ前にどうせ全部入れ歯になるよ」

ウミガメの甲羅に積もっていた汚れが剝がれ落ちて、鼈甲の輝きが現れた。お前、こんなにきれいだったの、と声をかけても口を縫い合わされたカメは何も言わない。けれども心なしか、甲羅からのぞく首が長くなったふうで、少し上向きの顔がなんだか得意げだ。水に濡れた義眼に化石食いのヘッドライトがゆらぐ。カメは別世界の風景を眺めている。海は向こうだ。

ペットボトルの水をすべて使い切った。カメにかけた水はアスファルトを流れて、黒い線を引いている。ペットボトルの蓋をきちんとしめて、立ち上がろうとしたら靴紐がほどけていた。しゃがんだまま、細長い紐を手早く結ぶ。結んで、けれど足のおさまりが悪くてすぐにほどく。また結び、そしてほどく。一度、靴紐をスニーカーから完全に抜き取ってしまう。履き慣れた靴のいつもの履き心地がわからなくなる。これもブラックアウトのせいだろうか。日常の感触が遠くなったことが心もとない。落ちつかなくて急に立ち上がると眩暈《めまい》がした。足下が見えなくなる。暗闇がわたしを沈めていく。立ったまま、足から深みへ沈んでいく。舗装された駐車場を踏み抜き、運河を埋めた土の下へ足の裏がめり込む。ひしゃげた自転車の輪郭、だれかのお茶碗と湯呑、ベビーバスや赤いランドセル。かつてだれかが捨てたものが積もり積もっているのがこの運河だ。そういう物が風景になって見える。生活が投棄された埋め立ての土の層を突き抜けると、そこは黒い水をなみなみと揺らす運河の底だ。

わたしの腕をすり抜けて、魚が泳いでいく。たぶん川の上流を目指している。水の流れに逆らっているとは思えないほど自然に身をくねらせて泳ぎ、運河の底に沈んだ小石を巻き上げる。石が体の表面を引っ掻くと、捲《めく》れ上がるように銀色の鱗が輝いた。黒い水の中で魚そのものが光源になって周囲を照らしていく。水草が絡まり合いながら伸びて、葉の先端から丸い空気の泡を放す。

もう一度しゃがんでスニーカーから抜けた白い紐を拾い上げると、ここはまぎれもなく夜の公園だった。両端をつまんでぴんと張った。ちぎれてしまわないことを確かめてから、硬い紐の先端を銀色の金具に縁取られた靴の孔に突き刺す。まずは右に、それから左に刺して引っぱる。靴紐の先端が夜になびいた。その片方を指先でつまんであとは左右じぐざぐに通していくと、魚の稚魚が踊るようだった。そうやって靴紐をしめて、最後に力を込めてぎゅっと結んで勢いよく立ち上がる。ここは運河の底なんかじゃない。なんだか、公園に着いてから何度もだまされている。どうしてなのか、気がつくと水辺にいる。結び直したことで、きちんと足の収まった靴はもう遠くには感じなくて、いつもの足下の感触を思い出す。

化石食いのドアをあけ、助手席に空のペットボトルを抛る。資源ごみの回収は木曜日、これは運河には捨てない。ヘッドライトを消し、化石食いのドアを閉めたら老いた動物が呻くような音がして縦にゆれた。

ウミガメを両手で持ち上げる。胸に押し付けるように支えて片手を離した。iPhoneを懐中電灯にして足下を照らしながら、わたしは細長い公園を歩く。

6

年取った獣が歩くたび、背中に浮き出る肩甲骨が左右交互にぽくぽくと歩行の形を作っていく。

その形がいとおしくて、散歩をしている老犬やブロック塀を危なげなく渡る老猫に見入ってしまう。いとおしい背中が繰り返す動きによってぽくぽくと日々の形が出来上がっていく。そういう日々の端っこに、この停電の夜がある。

iPhoneをポケットに入れて、自分の背中に片手をまわしコートの上から背骨をなぞる。もう片方の手で胸に抱えていたカメがずり落ちて、慌てて両手で持ち直す。この停電の暗闇を利用してまで捨てようとしている物へなぜだか感じ始めた愛着に焦りを覚える。本当に捨てられるのだろうか。

夕香のエカシは永遠に行ってしまったのよ。

おじいが亡くなった時に春呼おばさんがこんなふうに言った。エカシ？　と訊き返すと、おじいのこと、アイヌの言葉よ、と春呼おばさんは応えた。わたしはアイヌの言葉をほとんど覚えなかった。おじいは純粋なアイヌなのだと、春呼おばさんは繰り返し言っていた。アイヌは春呼おばさんにとって誇りだった。おばあの話をほとんどしなかったのは、わたしが生まれる前に亡くなっていた彼女が和人だったからかもしれない。そのおじいとおばあから、春呼おばさんとわたしの父さんが生まれて、そうして父さんが和人の母さんと結婚しわたしが生まれた。おじいのアイヌの血がわたしに流れ着くころにはすっかり薄まって、春呼おばさんがアイヌのことを言わなかったら忘れてしまいそうだった。実際、自分の子や孫にアイヌの血筋であることを伝えなかったひとびとがいる。わたしより濃い血を受け継いだはずの父さんですら、アイヌの話をすることはなかったし、わたしはアイヌと呼ばれたことがなかった。アイヌの言葉も、意味も、わたしは継承していない。自分のアイデンティティに「アイヌ」が存在していない。そのことで春呼おばさんに咎められているような気持ちになる。

おじいからはいつも日陰の木のにおいがした。この町は夏になると濃い霧に包まれて、強い陽射しが照りつけることは少なく、どこもかしこも日陰のにおいがした。それは湿った土や木肌からくるにおいだった。おじいのにおいはアイヌか和人かというよりも、この町にどっしりと根をおろしたひとのにおいだった。

公園の遊歩道を歩いていると靴底を通して足の裏に水の気配を感じる。この足は今、まぼろしの運河の流れに沿って海のほうへ向かっているのか。木でできた標識が立っていたけれど文字はよく見えない。地面が水浸しなんてことはないから、運河の気配がわたしをたぶらかしている。そうわかっていても、どれくらい歩いたのかを知っているのは足の裏ばかりだから、この感触を信じて歩いていくしかない。

じゃり、と何かを踏んづけた。痛くはなかったけれど、驚いてiPhoneで照らしたら、陶器の破片だった。蹴ったら遠くへとんで、硬いものにぶつかった。きん、とその音は針金の線をスプーンの丸い背で叩いたかのように耳奥に響いて、三半規管の形に沿ってふるえる。小さな子供が乗って遊ぶための遊具が芝生の上に並んでいて、象の形をしたすべり台には、雲の切れ目からのぞいた月の光がほろほろ笑うように滑っている。

ちょっとだけ、待ってて？

おじいが止めるのもきかないで、子供のわたしは靴も靴下も脱ぎ捨てた足ですべり台の傾斜をのぼった。小さな足にぎゅっと力を込めて進む。あえて階段からのぼらないことが当時の子供なりの格好良さだった。そんなわたしをおじいはすべり台の下で心配そうに待っていた。だいじょうぶだよ、そう言ってすぐに片方の足の裏に違和感を覚えた。すべり台を滑るだれかのズボンを破いたかもしれない遊具のささくれは飛び出た釘の頭だった。振り向くと、なだらかな斜面に血の筋が流れていった。痛みを知らんぷりしてのぼり切った。すべり台のてっぺんを囲う鉄柵をしっかり握って身を乗り出し、おじいを探した。

まるで地面から水がにじみ出てくるように、わたしはおじいを思い出す。それで「ちょっとだけ、待ってて？」と腕の中のウミガメに言うと芝生の上にそっと置き、すべり台にのぼる。

空を見上げると、これまでに見たことのないほどの星が光っていた。星が近い、と思った。暗い空を、砂がさわさわ流れる音が今にもきこえてきそう。町の灯りがないというのは、夜空が近づくことなのだ。光の速さで何万年、何億年と進んだ先にある岩石のひとつひとつが燃えている、その炎の熱を頬に感じたいと思う。けれど地球上に届くのは瞬きというかすかな白い光でしかない。せめて熱く燃える星々のことを忘れないように、わたしは初めて見た天の川をしっかり目に焼きつける。天の川、あれは火であると同時に、人間の目には水の流れる形にも見える。水面のどこかに国際宇宙ステーションが浮かんでいる。笹舟のように、たよりなく星と星のあいだを流れていくのは人工衛星だ。

ずっと空を見上げていたら首が痛くなってきて、その痛みをてのひらで押さえながら、わたしの視線が地面に降りる。

地上の片隅に、炎が見えた。それは停電の町で遠慮がちに燃えていた。もともと火の気のない公園なのだから、あの火はだれかがなんらかの意図のもとに放ったもの、そう考えてわたしは身構える。頭の中でたちまち運河が火の川に変わる。すべり台の下が火の川になってしまう。熱風に吹きあげられた灰が乾いた空気に舞うなかに剝製のウミガメがいる、そんな思いに囚われて、

「マンネン！」

と思わず自宅のミシシッピアカミミガメの名前を叫ぶ。すべり台のてっぺんの鉄柵から身を乗り出してカメを探そうとしたけれど見えない。マンネン、マンネーン！　と何度も呼ぶ。剝製のウミガメから返事はない。でも呼びかけずにはいられない。屈みこんですべり台の斜面にお尻をつけて滑る。摩擦でお尻が熱くなる。

スニーカーの足の裏がとんと着いたのは火の川ではなかった。辺りに火の気配はない。すべり台から立ち上がり植物を踏む感触をしっかり摑みながらiPhoneで地面を照らしたら、すぐにウミガメの剝製は見つかった。光を反射する義眼にわたしのスニーカーの形が映っていた。剝製を抱きかかえて歩きつつさっき見た炎のことを考える。もしかしたらこの近くに暮らす誰かが、眠るには早すぎる夜に退屈して天の川を眺めながら煙草を吸っていたのかもしれなかった。縁石の隙間に燃え殻がひとつ落ちている。

7

嘘か本当か、わからない話よ。そう前置きしてから春呼おばさんが話してくれたことがある。それは大正九年の大洪水の話から始まった。春呼おばさんだってまだ生まれていなかった頃の出来事なのに話があんまり上手だったから、繰り返しきかされるその話はいつも暗い音の塊になってわたしを打ちつける。あの時にね、こんな町、なくなってしまえばよかったのよ、と春呼おばさんは言った。勝手に入って来た和人どもが地面を踏みつけて固めてつくったような町よ。

それは大正九年八月八日のことだった。午後十時の暗闇の中で、消防が町全体に危険警鐘を打った。あの夏、雨は何日も降り続いて大きな河がついにあふれた。国道は寸断され、橋はことごとく流れていった。かろうじて残った橋脚の土台に前脚を引っ掛けた鹿毛の馬が力尽きるまいと歯を食いしばっていた。ばらばらになって流れていく木片に黒い犬がしがみついていた。貯木場の木々が流れに飲まれていく家々の壁を、寺の梵鐘を突くように打ち砕いた。あちこちで低い音がした。音はうねりとなって濁った水の中を進み、大地をゆさぶるように響き渡った。

思い出される春呼おばさんの声が、わたしの頭の中に洪水を起こす。足下の土が、水の記憶を吐き出す錯覚にわたしは思わず立ち止まり、人間の暮らしのこわれやすさにうなだれて地面に膝をつく。ウミガメの剝製が腕から滑り落ちた。やわらかく湿った土に膝がめりこみ、手をついたら爪の中に泥が入った。あんな風景が見えてしまうことが怖かった。いつもそうだ。知るはずのない鹿毛の馬の、なんとか濁流から這い出そうとして力を込める前脚が、あきらめの悪い亡霊になって何度でもわたしの目の前によみがえってくる。あの脚はもう歩けないだろう。だれが見たってあきらかなのにまだ歩こうとして、力を込めるたび短い痙攣が走る。かつて人を乗せ、殖民軌道の荷を引いた馬が死ぬ。
耳を塞いで地面に伏せる。地べたに頬をつけたら、尖ったものが皮膚にふれた。目を近づけると、それは何かの破片だった。黄色味を帯びた骨に見えた。ぐっと頬に押し付けても痛みはなかった。けれども皮膚は裂けて、土のついた手でそっと撫でたら血のぬめりが伸びた。わたしは今きっとひどい顔をしている。血と土にまみれて、地面の底から響いてくるかつての洪水の低い音をきいている。

あの洪水のあとで、運河の掘削工事が始まったのよ。再び春呼おばさんの声がする。この町、というかこの大きな島のいたるところ、和人の入って来た場所には治水の歴史があるの。あたしらアイヌのエカシやフチ――おばあのことね――は、そりゃいくらかは手を加えてきただろうけれど、人間の力で川の流れを捻じ曲げることはしなかった。それでここからが嘘か本当か、わからない話よ。だって正式な町の歴史として記録されていないからね。運河の掘削工事に携わっていた子供のひとりがね、化石を見つけた。それはむかしむかしの、まだこのあたりが海だった頃に水の中に生きていた生き物の化石だった。

見つかった化石はイノセラムスやアンモナイトという中生代の標準化石だった。だから太古のむかし、運河よりも、和人の入植した陸地よりも前、ここは海だった。
「その子供はね、アイヌだったの」と春呼おばさんは言った。「アイヌの話をだれも取り合わなかったの?」とわたしがいつもと同じように訊くと、春呼おばさんは深く頷いてから遠くを見やる目つきをした。それから神妙に頷いて説教するようにこう続けた。

「アイヌはよそ者に自分たちの大事な話はしなかったんだよ」

この大きな島の上には和人よりも先にアイヌがいて、そしてそのまた先住の、先住の、先住のって、永遠に辿り続けていられる深い時があった。あたしらはその連なりにいるんだっていう秘密をね、アイヌはついに語らなかった。あたしらの先祖のエカシやフチはその深い時の中に黙って沈んでいくことを選んだの。

「ああ、背中が痛い」と言って春呼おばさんは話を終えた。わたしは痛むその背をそっとさすった。突き出した肩甲骨に、てのひらを重ねて、今はもうどこへいったのかわからなくなった化石のことを考えた。アイヌのことになると春呼おばさんの話しぶりには特別な色が宿り、怒りともかなしみともきこえる音色になってわたしの耳に届いた。それは大事な先祖の眠る墓を荒らされて、そこに並ぶ椎骨のひとかけがつまみ出されたことを恨みながら「ときどきあたしの背骨にもそんな痛みが走るんだよ」と低く呻く声でもあった。

耳の奥で鳴っていた洪水の轟音がやんだ。耳を塞いでいた手を離す。目の前には停電の夜がしずかに続いている。体を起こして公園を見回すと、歩いて来た方向から風が吹いてくるのがわかった。マンネン、と思わず呼びかけた声がふるえた。かたわらにひっくり返っていたウミガメの剝製を両手で引き寄せて抱きしめる。本当にお前は厄介なんだよ、わたしにはお前を捨ててしまうことができそうにないんだから。

うちには意地悪な顔をした雛人形があった。わたしが生まれて最初の雛祭りの頃に春呼おばさんが買ってくれたものだった。あとからきいた話によると、その頃の春呼おばさんはひどく精神を患っていて、真冬の凍てついたみずうみのほとりにひとりっきりで出掛けて、大量の睡眠薬をウィスキーであおるなんていう自殺未遂をしでかしたこともあったという。「どうして死んだらいけないの！」と何度も自らの問いを叩きつけるように言った春呼おばさんの声をきかないように、親戚のだれもが耳を塞いで黙りこくった。ひどく痩せていて、冬の黒いコートを着た姿なんかほとんど死神みたいだったよって、母さんが話してくれたことがあった。そんな恰好の春呼おばさんが、赤ん坊のわたしと両親がその当時暮らしていた狭いアパートにやってきた。

「夕香におひなさま買ってあげるね」

うちには雛人形を買う余裕はなかったし、引っ越しを繰り返す生活にそんなものは邪魔なだけだと母さんは思っていたはずだ。けれどそんな母さんの考えなんて気にも留めないで、さっさと人形の手配を進めた春呼おばさんは、その次にうちに来た時おひなさまとおだいりさまのふたり並んだ人形のセットを持ってきた。あでやかな十二単だった。人形に興味のなかった母さんも「きれいね」と思わずつぶやいて、数年は何事もなく飾られた。それがある時から、母さんの目におひなさまが痩せて見えるようになった。気味悪がって飾らなくなった頃に、母さんは雛人形の処分を言い出したが、せっかく買ってくれた春呼おばさんの気持ちを考えて、わたしは反対した。わたしはすらりと大きくなっていた。身長が今とほとんど変わらないくらいに伸びたのに、体重はずっと三十五キロのままだった。学校の給食を食べることができなかった。クラスのみんながデザートまでおいしそうに食べるのを、背中を丸めて恨めしそうに眺めていた。自分のトレーに乗ったご飯はチョークの粉がまぶされてピンク色をしていた。上澄みだけの味噌汁の底に画鋲がたくさん沈んでいた。自分だけ食べられないことがくやしくて、わたしは餓鬼になったのだと思うことにした。餓鬼のわたしは、前の人生でわるいことをして地獄に落ちてしまったのだ。ここは食べたくても食べられない地獄で、食べようとして手にとった物は全部、口に運ぶまでの一瞬のうちに火に変わってしまうのだ。

母さんが雛人形の処分を言い出してから数日後に、春呼おばさんがうちにやって来て、痩せこけたわたしの体を抱いた。肩甲骨に触れた春呼おばさんの手がそのでっぱりを強く押し付けたので、わたしは小さな声で「痛い」と言った。あの雛人形の顔がどんなに意地悪に見えても春呼おばさんは悪くなかった。

わたしはいまだに雛人形を処分してはいない。今日ここに、持ってくれば良かったのかもしれない。

そんなことを考えながらウミガメの甲羅についた土を払う。月の光に照らされた鼈甲のきらめきが、わたしの瞳の中に入ってくる。虹彩の形に沿って光が回る。そうしてだんだん大きくなって、ついに閃光をほとばしらせながら砕けた。目の前が真っ白になって、あたりが見えなくなった。その瞬間、わたしの目のなかでひとつの世界がほろびたのだと思った。両腕に抱えた剝製の甲羅に土と血の固まった頰を押し付けて、わたしは祈らずにはいられなかった。たとえこの町が滅びても、この子が海へ帰れますように。

8

まず白い光が走って、そのあとで烈しい炎が平原を包んだ。烈しいのに暗い炎のあいだを黙って歩くものがいて、ぽくぽくと歩行の形をつくっていた。わたしはそれにかさなって歩むうちに、一頭の牡鹿になった。目のなかのほろびはこんなふうだった。

空から大きな隕石が落ちてきて火山が爆発し灰がふった。その灰を散らして、同じ地点に足踏みするような足跡を何度も上書きしながら、わたしは向こうからやってくる別の牡鹿をにらむ。出会ってしまえば戦うことになるが、向こうもどうやら引く気はない。こうして牡鹿が二頭、四枝に分かれた角を突き合わせる。ぶつかり合うたび噛み合う角の立てる音が燃える平原に響き渡った。眼の中に相手の姿をぎっととらえ、ひたすら押し込む角で脇腹を突こうとする。相手がひるんで後じさった。頭を低く下げた姿勢から振り仰ぐように勢いよく角を持ち上げる。角の先が、相手のやわらかい部分をかすめる。だがとどめとはならず、同じ動きをする相手の角にまたぶつかっていく。

やがて燃え尽きたようにあいつが死んでいくのを、わたしは見た。立ち枯れた木々の枝を伝ってきたカラスの群れが低く飛んで死の文様を描いていた。何者かの死は、別の何者かの生の裏側にいつもぴったりと貼りついている。あいつは死んでいたけれど、最後のひと突きがあいつの角に噛んだまま外れなくなって、勝ち誇るわたしの頭部にいつまでも食らいついていた。春になって自然に角が落ちるまで、わたしはあいつの遺骸を引きずらなければならない。目にずっとあいつをとらえつづけ、歩みの一歩一歩が重たくなった。地面に遺骸を引きずる線ができてわたしの後に残った。太古のむかしからそうやって勝者は敗者の死の重みを引きずって来た。必然、歩みはのろかった。少しずつ灰色に変わっていく遺骸の毛皮に風が通った。生き残ったわたしは死んだ者の首をねじ切ろうとして頭を振る。ずるりとあいつの背骨の半分が抜け落ちて、胴体が離れた。だけれどがっちり嚙んだ角は外れなくて、干からびた頭部はわたしの角にぶらさがったままだ。死の文様を描いていたカラスが腐肉をつつきにくる。空っぽの眼窩に小鳥が枝を運び込む。わたしは植物を求めて灰色の大地を放浪した。いつまでも歩いた。いくらか軽くなった頭部を振ってみるも、あいつの髑髏《どくろ》は落ちていかなかった。祈るでも弔うでもなく、生き物を殺すことに慣れていない人間なら決まって酷いという死をぶらさげて、ただ暮らした。振り仰いだ空には何巡めかのありあけの月が残っていた。

歩みつづけて、わたしが辿りついた場所はかつての海だった。今は広い荒野であたりにはまだ人間の姿はなかった。枯死した枝が風に鳴って、さざ波に似た音をつくった。蹄の足が一歩ごとに土に沈み込めば、塩辛い水の記憶がさざめき立った。動物の耳が、見えない波をとらえた。牡鹿のわたしは深い水にそうっと入り込んでいくように、隆起した大地の暗がりに身を隠した。風が吹いた。立っていた場所が夜のように暗くなった。角と角でがっちり嚙み合っているはずの遺骸が、見えない水に弄ばれるようにゆれた。勝者の角が根元からぽりっと抜け、すっかり骨になった敗者の頭と一緒に落ちていった。こんなことを繰り返していつのまにやら過ぎた時間が数千年、この場所はかつての海でもなく、またすでに灰色の荒野でもなくて、やわらかい苔におおわれていた。牡鹿が角の無い頭を振って、天高く鼻を突きあげると、歩んできた方角のはるか彼方から花のにおいがした。春だった。

目の中のまぼろしが消えた。足下からひたひたと水のにじんでくる公園は、こんな時間を抱えている。牡鹿にかさなって歩いた長い放浪のすえに、わたしはなんだかお腹がすいた。

9

見上げると夜空に星が輝いている。たぶんあのどれかに国際宇宙ステーションがまぎれていて、音も立てずに地球の周りをまわっている。停電の暗い町は静かにねむる。

「あたしったら年々O脚がひどくなるのよね」

ふいに耳の奥に響いた春呼おばさんの声につられてふりむくと、高校二年生のわたしがいる。夏の陽ざしがまぶしい。わたしはスキニージーンズの、サラブレッドみたいに細すぎる春呼おばさんの脚をじっと見ていた。公園内にはテニスコートやパークゴルフ場があって、晴れの日曜日には不要品の売り買いをするバザーが開かれて人で賑わった。小さなカフェの隣に噴水があって、夏のあいだだけ噴き上げる水が虹をつくる。痩せたふたりはカフェを出て、噴水のそばのベンチまで歩いていった。並んで腰かけても、大人ひとり分の重さくらいしかない女ふたりは、カフェでもブラックコーヒーしか注文しなかった。

「１９９９年の恐怖の大王って覚えてる？　空から降ってくるとかそんなやつ」と、わたしが話し始めると春呼おばさんは「ノストラダムスの大予言でしょ」と目を輝かせてなつかしがった。

「夕香って、その頃何歳だっけ？」

「小学校高学年か、中学生くらいだよ。１９９９年ならちゃんと計算すればわかるけど、あの頃何歳だったかなんてはっきり知りたくない」

「思い出したくないから？」

「思い出したくないというか、はっきりさせてしまったら、あの時間をまた生き直さなきゃいけなくなるような気がして。１９９９年って、わたし、学校に行きたくなかった頃なんだ、学校なんて消えてなくなればいいのにって思ってた」

　言葉を空中に投げ捨てるようにわたしは言った。あの頃は毎日必死に熱が出ることや、お腹が痛くなることを願っていた。毎朝トイレにこもって便器に顔をうつむけ、みぞおちをぐりぐり押しては生唾ばっかり吐き出していた。血でも吐き出せたらよかった。学校なんて無くなってしまえばいいのにと思っていた。いっそ恐怖の大王でもなんでも来て世界がほろびてしまえば、自分の願いがみんな叶うことも知っていた。

「でもさ、笑っちゃうんだけどね、毎晩ねむる前に布団の中で両方のてのひらをこうぴったりと合わせて祈ってたの、空から恐怖の大王が降ってきませんように、人類が滅亡しませんようにって」

　それで、その願いは叶ったのね、と手で日の光をさえぎりながら、春呼おばさんは空を見た。水色に澄んでどこまでも広々とした明るい空だった。一緒に見上げていたら、鼻頭にてん、と水滴が落ちてきて、え？　と思わず声が出た。こんなに晴れた空なのにどうして雨なんか降ってくるのだろう。探すには空はあまりに広すぎて、どこから雨粒が落ちてくるのかわからなかった。わからないまま、雨粒はひとつぶ、ひとつぶと落ちて、地面に丸く跡を残した。

「天気雨ね」と春呼おばさんが言った途端、本降りの雨になった。予報にはない雨だった。公園に行き交う人々は小走りになって物産館やカフェの屋根の下に逃げ込み、バザーを広げていた店主たちは慌てて商品を雨から守ろうとした。どこかで陶器の割れた音がした。通行人が少なくなって急に広くなった道の真ん中を巻き尾の犬が歩いていた。時々立ち止まって地面に鼻をこすりつけたかと思うとぱっと顔をあげて、ゴムパッキンみたいな黒いやわらかなくちびるを横に伸ばして笑ったような表情でこちらの様子を覗《うかが》った。それからゆっくりと、長い舌で土のついた鼻を舐めた。

「みんな濡れることを厭い過ぎだと思わない？」

　春呼おばさんがそんなふうに言うので、立ち上がろうとしたわたしはすとんとまた腰をおろした。傘なんて持っていなかった。ハンカチも。わたしたちは黙って濡れていた。雨は、薄雲を透かして射す陽に照らされて、空中に光る軌跡を残してから、地面に突き刺さるように降った。

「みんな痛いことが怖いんだと思う」

中学生だったわたしの手の甲に刺さっていた針の先端を思い出した。尖っていないほうに小さな赤い丸のついたまち針だった。机を島にしてグループを作り、家庭科の実習をしていた。自分の縫物なんてそっちのけで、わたしの手に針を刺すみゆちゃんが小学校五年生の時から毎日わたしの上靴の中に画鋲を入れていた。小学校から中学校までは持ち上がりでクラスが変わらなかったので、みゆちゃんとは中学校を卒業するまで一緒だった。痛いでしょ？ と意地悪な顔が言った。春呼おばさんが買ってくれたおひなさまの顔が浮かんだ。自分のことをクラスで一番の日本的美女だと言っていた、あの子の黒髪がその日はひどく乱れていた。痛いでしょ？ わたしはよくわからなくて「別に」と答えた。そうしたら、がちゃがちゃと乱雑な裁縫箱が鳴って、手の甲に刺さる針が増えた。意地悪なおひなさまは何度も何度も執拗に、わたしの手に針を刺した。そして、ぷっくりふくれるように出た血と黄色っぽい体液にまみれたわたしの手を見て「うわ、汚い」と叫んだ。「あんな手になりたくないよねー」とクラスに同調を求めてあげた高い声がふるえていた。だれも、その声に自分の声を合わせなかった。みゆちゃんは、もう一本刺してやろうと思って手に持っていた針を机の上に抛り捨てて「ちゃんとしまいなよー」とわたしに言った。チャイムが鳴ってみゆちゃんが教室を飛び出すと、その後ろ姿はすぐに見えなくなった。わたしは手の甲からまち針を一本ずつ抜いた。抜くたびに血が流れ落ちそうになるのを舐めた。自分の裁縫箱を開けて、手に刺さっていたまち針を針刺しに刺していったら、すぐに場所がなくなった。

痛みなんて、見なければいいだけのことだった。痛めつけられている時、わたしは自分の体の中にいなくて、たいていは山奥の水源で低く泳ぐ魚を見ていた。ホッチャレだよ、と春呼おばさんの声がした。わたしのやぶれて白く剝けた皮膚はなんだかホッチャレみたいだった。ホッチャレに自分をかさねた。もう何も食べなくていいし勉強も人付き合いも全部やめていい。あとは死んでゆくだけの静かな時間があって、わたしは社会の底を低く泳ぐのだ。

　雨宿りに走ったひとびとの足音はすっかり遠ざかって、道の両側に広がっていた露店の数々は畳まれ跡形もなくなっていた。すると幅八十メートルの運河の形が、急に目の前に立ち現れて、わたしは息を飲んだ。ここは深い溝の中だった。運河は、山から伐採してきた木材を海へ運ぶための流路として、また大洪水のあとの治水事業の一環として、ひとびとがこの土地につけた大きな傷だった。完成する前に鉄道が整備されたのと、治水事業の方針が変わったことにより運河の計画は頓挫して、淀んだ水の溜まる傷跡になった。それが公園に整備され、バザーやカフェで賑わうようになった、そのかさぶたの時代にわたしは生きていた。天気雨がかさぶたを剝がし運河が現れたのを感じておじいもこんなふうにむかしの運河を垣間見たのかもしれないと思った。その時の運河も二・四キロメートルの長さがあったはずだ。でも行方不明になっていたおじいの目にはもっとずっと長く映った。わたしの頭の中に、小学生の頃の算数で習った「はじきの法則」が浮かんだ。答案用紙の隅に円をひとつ書いて、その円を真ん中で上と下の半分に分ける横線を引く。それから下の半円をさらに左右に分ける縦線を引いて、左側から反時計回りに「は」「じ」「き」と文字を入れる。「は」は速さ、「じ」は時間、「き」は距離で、円の中の横線は割り算、縦線は掛け算になる。この記号を見て速さや時間や距離を求める公式を思い出すのだ。距離は速さ×時間で求められる。おじいが見た運河の端から端までの距離は何キロメートルだろう？　でも公式に当てはめるその「速さ」って、一体なんの速さなのか。おじいの歩く速さなのか、それを簡単に追い抜く飛ぶ鳥の速さなのか。雲や風の流れる速さだとしたら、それはとてつもなく長い距離になる。人間の歩行の速度では一生端っこに辿りつけないかもしれない。百年、百五十年。この大きな島の命名を記念する節目の年があったけれど、それは結局のところただ人間の速さで計った時間にすぎなくて、この大地には全然似合っていない。千年、万年、一億年、水が流れ、風が動かす時間、決して真っ直ぐにはならなくて、ゆったりと大きな弧を描く時間。ここはそういう時間を含み込む場所だ。

「憶えてる？　わたしがもっと小さかった頃にキノコを採りに行ったあの山奥の水源。また行きたいな」

そう言ってしまってから、「行きたい」ではなく「帰りたい」だ、と思った。根拠なんてなかった。わたしは自分が生まれた土地を覚えてはいなかったから「帰りたい」というのはなんだかおかしなことだった。引っ越しを繰り返して、気がつくとわたしには故郷がなかった。後ろをふりむいても、あっちへこっちへ曲がりくねる足跡ばかりで、もう辿ることさえできなかった。それなのに、なんだかあの水源で生まれたような気になって、そこへ帰りたいと思った。自分が生まれた場所に帰って、その水の中で死ぬホッチャレのことがうらやましかった。

雨がやんだ。土に滲みこんだ雨はみんな消えた。隣でずぶ濡れになっていた春呼おばさんが俯《うつむ》いて、てのひらの窪みに残った水滴を見つめていた。蝶がひらめいて、二分の一秒の影が落ちた。

「あの水源ね、もうなくなってしまったのよ」

春呼おばさんはてのひらを返して、水滴を落とした。

「なくなったの？」

「もう何年も前よ。あの近くに道路が通ったでしょう？　その工事の影響だってきいた、湧水が止まってしまったんだって」

今じゃ太陽光パネルが並んでいる、春呼おばさんはそう言った。

「それじゃ、ホッチャレは？」

「もういない。あの水源で生まれた鮭は帰って来ない」

「そんなこと」

ひとつの生態系のサイクルが知らないうちにこわれていた。あの水源で孵化した鮭の稚魚が海へ旅立ち、数年の回遊ののち成長して帰ってくる、そして自分が生まれた場所で産卵して命を繋ぎ、死んでいく。その輪がぶっつり切断された。まるでわたし自身が帰る場所をなくしたのと同じように。

「夕香はまだ生まれていなかったから知らないかもね。エカシが子供の頃はあの辺りで暮らしていたんだよ。今の感覚じゃ不便なだけの山奥でしかないかもしれないけど、エカシが暮らした頃あそこにはいい水が流れていたし、動物もたくさんいたからね、すごく豊かな場所だった。毎年秋になると腹に橙色の卵を抱えた鮭が帰って来て、手摑みで獲れるくらいよ」

川のほとりにはいくつかの集落《コタン》があった。産卵のために海から遡上してくる鮭を捕まえて、鮭の頭を叩く棒《イサパキクニ》でそっと打った。腹を裂いてこぼれた橙色のひとつぶが目玉のようで、それは人間の土地《アイヌモシリ》を眺めていた。そこらじゅう生き物の声がした。チセって呼んでた茅葺の家を出て行ってからも、夏になるたびあたしたちは遊びに行ったよ。子供らは銀色の川の歌をきかされてね、さらさら流れるあの歌声はだれの声だったか。その子供らも今じゃすっかり歳だよ、エカシは亡くなったし、あたしなんか痩せこけたババアだよ。

前髪の先に丸く垂れ下がっていた水滴が膝の上に落ちた。陽ざしは一段と強くなったけれど、びしょ濡れになったわたしと春呼おばさんがすっかり乾くにはだいぶ時間がかかりそうだった。雨宿りをしていた人の姿がちらほらと戻ってくると、運河が隠れていった。

「そういえばさー、今朝お母さんとやりあったんだって？　夕香って意外と気が強いのね」

「やだ、やりあったなんて。それじゃ、わたしが母さんに何かしたみたい。むこうが一方的にやっていることを怒ってるだけだって。もしかして母さんからメールでもいった？」

「まあね、夕香は別に悪くないと思うけどね、お母さんも」

「最悪じゃん。あいつ、わたしが捨てたものを勝手に拾って使ってたんだよ？　生理のナプキンいれるのにちょうどいいなって思ってたポーチ。でも生理が止まっちゃって使えなくなって、見てたらなんかかなしくなったの。まだ十代なのに、わたしもう女じゃないのかなって」

「それで、そのポーチを捨てたのね」

「そう。そしたら、あいつが拾って使ってた。あげるつもりなんてなかったし、もう見たくもなかったのに」

母さんは環境問題がしきりに叫ばれる今の時代にぴったりと言いたくなるほどに「もったいな

い」を連発した。捲ったカレンダーはメモ帳サイズに裁断して固定電話のそばに置いていたし、ティッシュペーパーは半分にちぎって使っていた。自分が子供の頃に経験した貧乏が尾を引いているらしかった。物を捨てることはめったになかった。日常生活を送るうちに当たり前に出る最低限の生活ごみばかりが、燃えるごみの袋に詰められて、毎週月曜日の朝に小さく収集に出された。その袋の中にポーチを押し込んできゅっと口を結んだのに、母さんはそれを解いて、ごみ袋の中からポーチを拾い出してきたのだ。腹立たしかった。今朝ついにわたしは我慢できなくなった。今回のポーチだけではなかったのだ。母さんにとって日記帳は紙ごみで資源物扱いだった。だから何度違うと反論しても、忘れてしまいたい日々を綴った「紙」を燃えるごみに出すのを許してくれなかった。

「母さんは、いつもわたしの部屋から出るごみを監視してる」

書き損じた手紙も、通販の領収書も、学校に提出するつもりだったけれどそうしなかったレポートも、母さんは全部見ていた。わたしが捨てた物を監視して、わたしの動きを読もうとしていた。

春呼おばさんは黙ったまま先に立ち上がって、わたしに手を差し伸べながら「いつも思っていたんだけど、夕香ってあたしに似てるのね。夕香ったらまるであたしね」と言った。

反射的にわたしは身構えた。どうして？　同じようにずぶ濡れだから？　帰る場所を失っていたから？

「そんなふうに言うの、やめてよ」

わたしは春呼おばさんの手を取らずに立ち上がった。夕香ったらまるであたしね。ちがう。共感を込めてかけられた言葉を振り払う大きな手のような、拒絶の言葉がわたしの中にくっきりと輪郭をもった。ちがう、わたしは春呼じゃない。そしてアイヌじゃない。口から出かかったその言葉だけは、なんとか飲み込んだ。でもアイヌだけは否定しないといけなかった。これを否定しないと、わたしは帰る場所だけではなくて、今いられる場所までも失ってしまう。わたしは自分がアイヌの血筋であることをだれにも打ち明けていなかった。身内のほかには、だれも知らなかった。だから、わたしがいじめられるのはアイヌだからではない。けれどアイヌだなんて人に言ったら、よけいにいじめられるかもしれない。毛深いということをネタにされて「こまめに脱毛しないと三日でイエティになるんだろ？」とからかわれたり「教科書でお前のうち見たぞ」って縄文時代の竪穴住居の復元写真を指さされたりした、わたしの上の世代が被ってきた差別の話が次から次へと思い浮かんだ。ほんの冗談としてからかったほうに悪気はなかったのかもしれない。そんなことを言ったなんて、すっかり忘れてしまっていてもおかしくない。もしかしたら春呼おばさんにもそんな経験があったのではないか？　骨ばった春呼おばさんの手首は、袖から剝き出しになっているだけで痛ましかった。でも春呼おばさんはそんなふうにいじめられたことがあるなんて話を一度もしなかった。春呼おばさんにとってアイヌは誇りなのだ。アイヌであるということのせいで自分が不条理な目に遭っても絶対に弱音なんか吐かなかった。

春呼おばさんとは別々に帰った。わざと駐輪場とは反対の方向にわたしは公園を歩いた。天気雨が降ったことなんてみんな忘れて、晴れの日曜日をたのしんでいるようだった。露店がいくつも広がっていた。そのひとつに目が留まって、わたしは四つセットの陶器の小鉢をひとつだけ買ったのだ。化石みたいな虫が一匹、露店のビニールシートの上に転がっていた。

10

噴水のそばまで来た。春呼おばさんと前に見た噴水だ。

停電のせいで水を循環させるモーターは止まっていた。動きのない水が鏡面になって星空を映している。宇宙が遠いのと同じくらい、水が深くなっていた。何もかもが吸い込まれてしまいそうな深みだ。天の高いところと海の深いところは繋がっていくのではないか。天国と竜宮城がどこかで繋がっているとしたら、やっぱり家出をして行方不明になっていた二週間、おじいは死んでいたのかもしれない。それがどうして戻って来たのか、カメか、ウミガメに乗って戻って来たのか。腕の中の剝製は何も言わない。おじいとウミガメしか知らない時間なのに、おじいは死んでしまったし、ウミガメは喋らない。

死んだ生き物ってどうして重たくなるんだろう。

生きていた時よりも死んだものはずっしりと重たく感じられる、そのことにはじめて気がついたのは飼っていたミシシッピアカミミガメが死んだ時だった。うちにはマンネンのほかにもう一匹カメがいたのだ。おじいにマンネンを買ってもらった次の年の縁日に、今度は自分のお小遣いだけで一匹のミシシッピアカミミガメを連れ帰った。親指ほどの甲羅の端はまだやわらかそうで、うすい緑色をしていた。迷わずマンネンの水槽に入れて二匹が時々かさなったりするのを面白がって見ていた。マンネンより小さいというだけの理由で、わたしは新しいカメをチビと名付けた。けれど生き物の成長は人間の思惑なんか軽々と跳び越えてしまうから、チビはすぐにマンネンよりも大きくなった。水槽を洗うために平たい甲羅を両手で摑み上げると、じたばたと動かす足の爪がてのひらを引っ掻いて、くすぐったかった。命をこれ見よがしに弾ませてわたしの手から逃れようとする意思が、チビの体を軽くして、それは生きているということだった。そのチビが死んだ時、はじめわたしは気がつかなかった。カメが水槽の中でじっとしていることなんてよくあることだったから、特に気にも留めないで二、三日が過ぎた。なにかおかしい、と思って「チビ、チビ」と呼びかけながら甲羅を摑み上げたら、張りを失った脚や尾が力なく垂れ下がった。チビ、チビ、チビ。動かない。チビ、お前こんなに重たかったっけ？

おじいの遺体に触れることがあんなに憚られたのに、わたしの両手はくっきりとした死の輪郭を摑んでいた。物理の法則なんて関係なく、死は生き物の重さを変えてしまう。

「母さん、チビが死んでる」

リビングでテレビを観ていた母さんがふりむいた。

「ちょっと、やだ気持ち悪い。早くどうにかしてよ」

母さんは手際よく燃えるごみの袋を棚から引っ張り出すと、わたしの足もとに抛った。夕香、それ新聞でくるんでよ、見えないようにしてよ。もしかしたら母さんは、わたしよりも早くチビの死に気がついていたのではないかと思った。だってわたしの捨てたものをご丁寧に見分するような親なのだ。

　わたしは新聞ラックの前に屈みこみ、古新聞を取り出すのにカメから片手を離した。立てた膝ともう片方の手で死んだカメを支えた。新聞紙を広げて真ん中にカメを乗せ、くしゃくしゃと灰色の紙を端から丸めた。真ん中まで丸めたらひっくり返して、別の古新聞で上からさらに包んでいった。そうやって何重にも包んだらダチョウの卵みたいになった。面倒だとは思わなかった。母さんが寄越した燃えるごみの袋の口をひらいて、カメを捨てた。袋の口をきつく縛って外に出した。死はただ重たくなって外のごみ箱の底に沈んだ。


　停電の夜はまるで行き止まりだ。ふりむくか、あと戻りばかりして過去の感触を皮膚になまなまと感じたりする。暗くて見えないせいで現在の輪郭がいくらかほどけたところに過去がまぎれこんでくる。〈時〉って本当にずうずうしい。時間が直線的なものだと最初に想像した人間の人生には、なんて起伏がなかったんだろう。

　母さんは今でもじゅうぶん重そうだけど、死んだらもっと重くなるんだろうか。病院で、それとも自宅で死ぬんだろうか。いずれにしても遺体を運ぶのはきっと大変だ。棺を運ぶひとが気の毒になる。それに比べて春呼おばさんは、何故だか死んだその瞬間からどんどん軽くなっていくような気がする。春呼おばさんの遺体は誰が担いでも重たくないどころか、どんどん軽くなっていって、火葬の前に消えてしまいそうだ。どうして春呼おばさんはあんなに痩せているんだろう。

　運河の公園は長いだけでまっすぐな場所なのに、わたしの足取りは迷ったみたいに曲がりくねっている。現在進行形で伸びていく歩行の時までが曲線になって、ふとした拍子に過ぎてきた時間にふれると、そこは大きく撓んで現在をふくらませる。腕の中のウミガメの剝製は歩いているうちにどんどん軽くなった。わたしの腕が重さに慣れてしまっているだけかもしれなかったけれど、母さんの部屋の簞笥の上からおろした時よりもずっと軽い。

ウミガメを隣に置いて木製のベンチに座った。日頃の運動不足が祟っているのか脹脛《ふくらはぎ》が張っている。姿勢を傾けてもみほぐそうとしたら、脹脛の肉が縮む感覚にとらわれる。火葬炉の中で焼かれていく死体がねじ曲がり折れ曲がり起き上がることがある、そんな話を思い出した。ベンチに座ったまましばらく足をさすった。小さかった頃、道路に飛び出して転んでできた傷痕が赤紫の痣と茶色い染みのようになってまだ残っている。

思い切って、カメを抱いて立ち上がる。早く海へ行かなければ、と心が急《せ》く。そうしてわたしは走り出した。どんどん加速して、風の音と心臓の音ばかりきく。自分と風が同じ速さで走っている、と思うのは気持ちいい。わたしは風の中を走り、風はわたしの中を走っていく。耳の奥からごうっと唸る風の声がする。その風が心臓を急かして鼓動がどんどん速くなる。血液もまたわたしの全身を駆けている。

土を踏むと、たふたふ、水が呼応して跳ね返ってくる心地がする。靴底に水の気配が戻った。海までお願い。本当は両のてのひらをぴったり合わせて祈りたい。けれどウミガメを抱えているので、てのひらの代わりに、跳ぶように走る足の裏が、地面にしっかり着く時に祈ることにする。どうか海へ連れていってください。海へ。海へ。運河に滲みだす過去の時が見えない流れをうみだしている。たふたふ。たふたふ。流れに沿ってわたしは走る。魚の気配がしたので足下を見ると、新しい命を精一杯に生きようとする稚魚たちが泳いでいる。上流で生まれた鮭の稚魚が海へ向っている。ホッチャレになった親たちの死を乗り越えて、命の気配がわたしの足の裏をくすぐっていった。

11

「わたし、アイヌって言われたことないの」

と言うと、春呼おばさんは頷いて、

「だって夕香は母親似だもの」と応えた。

高校二年も終わりの雛祭りの近づく頃、春呼おばさんはうちにやって来て雛人形を飾る手伝いをしてくれていた。噴水のそばで天気雨に濡れたあの日から半年ほどが経っていた。久月と書かれた大きな箱からぼんぼり、高坏《たかつき》、菱台を、そして最後におひなさま、おだいりさまの人形を春呼おばさんは大切に取り出した。母さんは雛祭りが近づいても雛人形を出そうとしなくなっていた。母さん、もうすぐ雛祭りだけど？　と声をかけても、いいのよ人形なんて出さないなら出さないで。しまい忘れたら大変って言うけれど出さなければその心配もしなくていいじゃないの、とこんなふうに言うばかりだった。

「お人形が年々痩せていくように見えるんだって」

「お母さんが言ったの？」

「そう」

人形を包んでいたうすい和紙を剝ぐ。わたしには毎年同じ何の変りもないおひなさまに見えた。隣でぼんぼりを組み立てている春呼おばさんのほうが年々痩せていくように見えた。それなのに春呼おばさんからは大きなエネルギーがこんこんと湧き続けていて、なんでも自分一人で片付けてしまうから、わたしなんかが手伝いを申し出ても邪魔になるだけだった。おひなさまの綺麗に結われた髪に爪がひっかかって、無理にはずそうとしたら毛束のひとふさが浮いて乱れた。「あ、ごめん」と思わず謝ると春呼おばさんが笑った。

「アイヌのひとって、おひなさま好きなの？」

春呼おばさんはぼんぼりを組み立ててしまうと、台座に緋毛氈をさっと広げた。嵌め込みの部分にぼんぼりを固定して灯りが点くことを確認した春呼おばさんの頰を、電球のやわらかい光が撫でた。

「おひなさまってね、結婚式の再現なのよ、知ってた？　だから女の子ならみんな憧れるだろうし、好きなんじゃないの？」

わたしは首を横に振った。

「わたし結婚する気ないの。幼稚園の時から周りの子たちの将来の夢がお嫁さんだったの、ずっと謎なんだよね」

怒られると思ったし、実際母さんには怒られたことがあった。女が結婚しないでどうやってこの国で生きていくって？　時代遅れの価値観を押しつけようとする母さんの声が意地悪だったから、わたしはますます結婚なんか絶対しないと心の中で誓った。だから言ったら怒られるかなと思いながらも、言ってしまってすっとした。春呼おばさんは浮き上がったおひなさまの髪を指先で撫でつけて、あらそうなの、と案外あっさり言葉を返した。

「まあね、あたしもそうだったんだけどさ。だから今でも独りよ。でもさみしいって思ったことがあんまりなくてね。エカシが亡くなった時だけよ、さみしかったのは」

「それならさ、おだいりさま飾るのやめない？　おひなさまだけ一人でも堂々と座っていられる」

親世代の人と結婚に対する考え方が合うのは珍しいことだったから、わたしは調子にのってこんなふうに言ったのだった。もしかしたら、おひなさまは今後、独立した女の生き方を象徴することになるかもしれないと本気で思った。十二単が動きにくいなら着なければいいし、コスメ代がかさむなら厚化粧をする必要だってない。

でもね、と注意深く言葉を選びながら春呼おばさんは雛飾りの台座を持ち上げて棚の上に置き、後ろに金色の屛風を立てた。試みに真ん中におひなさまだけを飾って、

「あたしが生まれた頃には持っているかどうかは別として、女の子はみんなね、おひなさまとおだいりさまと、もっと欲を言えば三人官女や五人囃子の揃った雛人形に憧れていたのよ。あたしもそうだった、欲しい欲しいってねだってね、ようやくエカシ、夕香のおじいね、に買ってもらった。最初はヒトガタはよくないって言ってたけどあんまりきれいだったんで、いつのまにやら

恐る恐る触るようになって、結局毎年飾るのを手伝ってくれたっけね。娘はあたし一人しかいなかったしね、あとはあなたのお父さん」

そう言うと、真ん中に置いたおひなさまを右側にずらして、隣におだいりさまを飾った。ずれた冠を直して白くて細い指の間に笏を持たせた。おひなさまの胸の前に揃えた両手には金色の飾りがついた扇。

「だからさ、アイヌだからどうのっていうのじゃなくてね、生まれた時からおひなさま文化圏にいたのね、あたしらが子供の時に周りの女の子たちがきれいだねって憧れていたのが雛人形でさ、たまたまそういう環境の中で育ったからおひなさまが好きなのよ。まぁ今なら日本髪を結うのをやめてマタンプㇱを巻いたり、首にタマサイをかけたおひなさまがいてもいいかなって思うけどね」

よしできた、と春呼おばさんは人形から手を離して、一歩二歩後ろへ下がった。わたしも真似をして離れたところから雛人形の全体を眺めた。一段の平飾りでもじゅうぶん立派だった。母さんが飾ってくれなくなって、自分ひとりでは面倒で出す気にもならずにいたけれど、飾ってよかった。

「ただね、この雛人形が夕香の枷《かせ》にならないことを願ってるよ。そうなっちゃったらさ、どんなにいいものでも呪いになるから」

「おひなさまが呪いになるの？」

「そうなるかもしれないって話よ」

そう言って、春呼おばさんは雛人形に見入った。うつくしいものを見つめる時の春呼おばさんの目は、あの山奥の水源に似ていた。カラマツソウやエンレイソウの葉の影を受け止め、黄色いエゾカンゾウの花の色を浮かべるように映す、それから夕陽の橙色に染まる水面に顔を近づけ、そうっと口付ける牡鹿がいる。水源の水は何でも受け入れながらしずかにゆらいでいる。春呼おばさんの目は雛人形を受け入れてその十二単の華やかさにきらめいていた。その目に、わたしも迎え入れられた。

「絶対あたしが買ってあげるんだって、夕香が生まれた時に思ったもの。夕香のお母さんに、そんな余裕なかったかもしれないしね。でも、年々痩せていくように見えるなんて言ったのね、どうしてだろうね」

もう一度雛人形に近づいて、細い手が乱れた日本髪を撫でつけた。

春呼おばさんはやさしい。やさしさは水みたいにたっぷり満ちてゆらゆらと形を変えながらたくさんのものを深く抱き留めていた。でも春呼おばさんはアイヌで、わたしにも流れているその血をわたしは受け入れられなくて、にがいものだと感じていた。春呼おばさんのあの水源みたいな目の中の一番深いところにアイヌであることがどっしりと、ゆらぐことなく沈んでいて、それは春呼おばさんの心臓みたいなものだった。春呼おばさんにとってアイヌってなんなの？　ともっと幼い頃に無邪気に訊いたら「血だよ」って、春呼おばさんは急に厳しい表情になって言い、その逃れようのなさが恐ろしく、それ以来わたしは一度もアイヌについて尋ねることができなかった。

春呼おばさんの心の内側に、ほうっておかれた燃えない面倒があるとしたら、それはアイヌなんじゃないか。他人のことをあれこれ言うのは嫌いだし不遜なことだけれど、だれにも見つからないように、決して外側に漏れてしまうような表現はしないで、わたしはそんなふうに考えたことがある。

決してゆらがないものを自分の一番深いところに抱えて、春呼おばさんの心臓はひとつ、またひとつと打つ。あの痩せた体のどこにそんな力があるのか、強く打つたび春呼おばさんの全身にアイヌの血が巡り、漲《みなぎ》る。その体はいつも熱かった。抱きしめられるたび、わたしの体は溶けそうになった。ゆらぎのないものを抱えた強い春呼おばさんが、どうして若い頃に冬のみずうみで自死しようなんて思ったのか、ずっとわからなかった。

ブラックアウトの暗闇のなか現在と過去を行ったり来たりしながら、置いてきた時間の底にわたしは光る針の先を見つけた。それはかつてわたしの手の甲に何本も突き刺されたまち針でもあり、春呼おばさんにとってのアイヌでもあった。ゆらぎのないものは鋭く尖っている。春呼おばさんは、鋭い針で自分の心臓を刺していた。アイヌであることが春呼おばさんに誇りと痛みの両方を与えていたとしたら？　その痛みが他人にわからないのは、春呼おばさんの目がいつも凪のわたる水面のようにゆらいでいるからだ。自分とは違うものを柔軟に受け止めて新しいものに自分の表面を合わせる。軋轢の生じないように慎重に暮らしている。でもだれも知らない内面で、死ぬまで解き放たれることのない自傷の痛みに血を流し続けている。アイヌであることが春呼おばさんを突き刺している。

「来年はもう、おひなさまは飾らなくていいかなって思ってる」

ふいに思いついたことを、高校二年のわたしはそのまま口に出してしまった。雛人形に見入っていた春呼おばさんが振り向いた。わたしを映す目にさっと翳が射した。

「夕香にもおひなさまが痩せていくように見えるの？」

「ううん、ちがう、それは母さんが勝手に言ってるだけ。わたしにはおひなさまの顔が意地悪に見える。春呼おばさんがきれいだと思っているものが、わたしには同じように見えていないってこと」

ほんの少し前には飾ってよかった、なんて思ったくせに。

春呼おばさんは水のようにたゆたうやさしさに満ちたアイヌだった。そのことが、わたしにはつらかった。わたしは春呼おばさんとは全然ちがう。やさしくなんかないし、アイヌを受け入れられない心はとても狭かった。だから、春呼おばさんと同じものをきれいだと思ってはいけないと感じたのだ。わたしはアイヌじゃないし、アイヌになれなかった。わたしを取り巻く現実のどこにも、アイヌの居場所はなかった。春呼おばさんの手首は痛ましいほど骨ばっていて、手の甲には青い静脈が浮き上がっていた。

「それに、やっぱり女の子のあこがれ、みたいなものって信じられないから」

春呼おばさんはきまり悪くなったかのように、視線をさまよわせた。どうしていいのかわからなくなった手が床に置いてあったバッグを取り上げて中身をごそごそと漁り、本当は探してもいない物を探すふりをした。そうして摑みだしたのは見覚えのあるポーチだった。

「それ、前にわたしが捨てて母さんが勝手に拾ったやつ」

わたしの傷をほじくり返した春呼おばさんの手が憎らしくて、そもそもは娘のごみを漁る母さんに向けられていたはずの怒りが「顔」をなくした。個別の感情だったはずのものが気化爆発して、無差別に他者を傷つける大きすぎる怒りに変わった。わたしの手が雛人形を台座から払い落とした。ぼんぼりも高坏も菱台も、激しい音を立てて床に落ち、砕けた。

「なんでアイヌってそんなに貧乏くさいのさ、人のものを勝手にとって」

本当は、春呼おばさんはわたしの物をとってなんかいない、そんなことはわかっていた。たぶん春呼おばさんは母さんにもらったこのポーチが、夏に運河の公園でわたしが話した物だってことさえ知らなかった。だけれど「顔」をなくした怒りはもう抑えがきかなくて、目の前の春呼おばさんの顔を見えなくした。それで運河の公園では抑え込んだ言葉、アイヌという言葉がわたしの口から次々あふれた。アイヌってなんなの。どうせアイヌだから仕方ないって、なんでも許されるんでしょ。純粋なアイヌなんてもういないくせに。

「そのポーチってさ、アイヌ語でなんて言うの？」

意地悪な顔をしていたのはおひなさまではなくて、わたしだった。春呼おばさんは消え入りそうな声で「サラニプ」と言った。「うそ、それは昔エカシだとかフチだとかが使ってた物でしょ、化学繊維でできたこのポーチみたいな、今ありふれている物を表すアイヌ語ってどうせないんでしょ」

わたしの言葉が、冷たい大きなてのひらみたいになって、春呼おばさんの青くなった心臓をくしゃっと握りつぶした。

片方の手をウミガメの剝製から離して、コートのポケットからiPhoneを取り出す。連絡先の一覧から春呼おばさんの名前を探してタップする。わたしと春呼おばさんは、雛人形を壊してからもう何年も話していない。会ってしまったら、自分のことを棚に上げて、わたしはまたアイヌを拒否してしまう。おじいのことも春呼おばさんのことも大好きだった。だけれど春呼おばさんが「和人」という時の表情を思い出すと冷たい直線がすっと降ってきてわたしたちを隔てる。「アイヌ」と「和人」、おじいや春呼おばさんとわたし。どちらか片方の立場しか選んではいけない、そう宣告されたようで怖くなった。拒否の言葉を重ねて春呼おばさんを遠ざければ、そんな怖さを忘れていることができた。

わたしはアイヌになれなかった。何も受け継ぐことができなかった。言葉も神様の話も何一つ、わたしの中に迎え入れることはなかった。こうして時に浮かんでくる感情が一番の燃えない面倒なのかもしれない。この停電の夜の公園にしか捨てられない。アイヌなんて、わたしの中からなかったことにしてしまいたい。全部を捨てて、記憶から消してしまえたらいい。そんなふうに考えることもあった。でもやさしい水を満々と湛えたあの水源の思い出に立ち返れば、なかったことになんかできない。小さな頃に一瞬だけわたしの胸に抱きしめた魚の感触は、ずっとわたしと生きている。わたしは春呼おばさんが大好きなのだから。

耳に当てたiPhoneの中で、呼び出し音が何度かふるえた。それはやがて途切れて、今度は真っ白な音がきこえる。目を閉じると、まぶたの裏側にしんしんと降り続く真夜中の雪が見えた。この雪はきっと積もる、そう思いながら深く息を吸う。あたらしい雪の上に人間の足跡がついている。そっと後を追うように辿る。辿るように、わたしは脳裡に浮かぶ春呼おばさんの面影に向かって「もしもし」と囁く。すると「もしもし？」と足跡が続いているほうからかすかな応答がある。でも、わたしはどう続けたらいいのかわからない。辿って来た雪原の足跡がだんだん途切れがちになっていく。次から次へと降ってくる雪に埋められてしまう。見失う前に名前を呼ばなければ。足跡はきっと、向こうに見える凍てついたみずうみのほとりまで続いている。ウィスキーのにおいが流れてきた。どうして死んだらいけないの？　瘦せ細った女が瓶に入れて携えてきた錠剤をてのひらにこぼす。名前を呼ばなければ——。

「春呼、おばさん？」

目を開けるとそこは雪原ではなくて、冬でもなくて、たしかに今、全道が一斉に停電してしまった夜なのだった。月日を跳び越えるのに、わたしの膝はがくがくとふるえ、心臓は壊れそうなほど速く打っていた。それでわたしは跳び越えられたのだろうか、春呼おばさんを拒絶し遠ざけていたたくさんの日々を。

「天の川、みた？」

昨日のテレビ番組や流行りの映画について尋ねるようなあたりまえさで春呼おばさんは言う。

「電気が点かないってだけで、こんなに時が巻き戻るのね。この天の川はね、あたしが子供の頃にエカシと見上げたものよ」そう続けて笑う。

「みたよ、みてるよ、今。わたし、天の川の下をウミガメと歩いてる」

え？　と困惑する春呼おばさんの声がきこえた。「こんな夜に出掛けてるの？　なんで？　危ないって」

iPhoneを耳に強く押しあてたまま、空を見上げる。無数の砂粒のような白い星がわたしの目のなかにゆれる。涙を通して見たら、天の川は本当に流れているようだった。月日を跳び越えた足で、わたしは天の川の岸辺に立っている。春呼おばさんも今夜この岸辺に立っていたのだと思う。そこでなつかしいひとびとに出会えたのだ。片足を水の中にそうっと挿し入れるように歩き出す。

「今どこにいるの？」と春呼おばさんが言うので、わたしは短く「運河」と応えた。直後に電話が切れた。iPhoneの画面には通話終了の文字が浮かんでいる。春呼おばさんの携帯の充電が切れてしまったのだ。わたしの足跡は今夜ここで途切れてしまうのかもしれない。そうなら、最後に少しだけでも春呼おばさんと話せてよかった。謝ることはできなかったけれど、わたしの心に絡みついたアイヌのことは、今夜ここに捨てていくほかないと思った。ポケットにiPhoneをねじこんで、両腕でしっかり抱いたウミガメの剝製には重さがほとんどなかった。

少し歩くと、コンサートホールの茶色い建物が近づいてきた。ここが公園の終端だ。海はもっとずっと先にあって、ここからは見えないけれど、吹く風の中にざらつく潮の感じがして、海の気配は確かにある。コンサートホールのエントランスへと続く長い石造りの階段をのぼる。一段ずつ踏むごとに息が苦しくなる。大きく息を吸うと、濃い闇が鼻からも口からもわたしの体の中に入ってきた。沈むように肺に溜まって、わたしの錘になる。

なんとか階段をのぼり切って、ガラス張りのエントランスの前に立つ。ここが公園の中で一番高い場所だ。近くに大きな病院があったからこの辺りの電力の復旧は早く、ガラスの向こうに橙色の灯りがぼんやりと小さく点いている。あたたかみのある光に触れたくて思わずガラスにてのひらをくっつけると、あいだのぬるい空気のせいでガラスが曇った。明日の公演のプログラムは予定通りだとSNSでアナウンスされていた。こんな時にピアノのコンサートなんて開催しなくても、とクレームがついていた。大停電という非日常の中でも予定通りに進むものがあって、こんな時には普段なら非日常であるはずのイベントのほうが日常らしくなる。停電が日常と非日常をひっくり返している。

だれかいるのだろうか、と灯りのほうを覗っても人の気配はない。ガラスには片腕でウミガメを抱いたわたしが映っている。ズボンの裾や靴は泥だらけだったし、手も顔も汚れていて、これ以上にコンサートホールに似合わない姿はないんじゃないか。建物の中の赤いカーペットや白い硬質の大理石の床を踏むことが許されないような、だけれど、今夜は日常と非日常がひっくり返っているのだから、わたしの手は水面を破るようにコンサートホールの内側にみちびかれていく。

停電の一日のだれかの不注意で扉に鍵がかかっていなかった。てのひらで押したガラスが動いて細くできた隙間からわたしはコンサートホールの建物にしのびこんだ。

12

地上二階、地下二階のコンサートホールには、収容人数千五百人の大ホールと、三百人ほどの小ホールの二つがある。どうせならだれもいない大ホールを見てみたくて、わたしは階段をおりて、大ホールへとつながる地下の楽屋へ向かった。非常口の方向を示す緑色のヒトガタが暗い廊下に浮かび上がっていた。途中トイレに入って手と顔を洗った。

いつもそうなのか、この日だけ特別な不注意がかさなったのかわからないけれど、楽屋の扉は開いたし、そこからステージへとつづく重たい扉も施錠されておらずなんなく開いて、わたしはステージに辿りついた。闇の中でも、真ん中にピアノが一台あるのがわかる。ピアノのぬらりとした質感が闇を濡らしたように重くする。

ステージ袖の操作パネルを適当にパチパチ押すとステージの上にまぶしい光が降って、それからぶんと音を立て緞帳が上がる。行かなければ。わたしは、いつかの本番前に楽屋で順番を待っていた黒いドレスの子供を思い出していく。緞帳の速度に合わせてステージの真ん中へ向かう足取りは重い。緞帳が上がり切ったと同時にわたしはステージの真ん中で深くお辞儀をする。客席にはだれもいない。それでも客席のほうにはできるだけお尻を向けないように注意深く歩いてピアノの椅子の後ろを回って座る。スタインウェイのピアノだ。その下にウミガメの剝製を置いた。息を吐いて緊張で固くなった肩を下げる。鍵盤に指を乗せる。ホ長調、四分の四拍子、テンポ、リズムも一定なのが望ましい、という曲の概要が思い浮かぶ。最初の音はレのシャープ。そこからアレグレットで十六分音符が流れ出して、三十二分音符できらめく。骨ばった指が高く上がって鍵盤に落ちたのが、跳びはねた魚の腹が水面を叩くみたい。一曲の中で跳躍と潜水を繰り返す指がスラーをつなげ、前の音が次の音にゆるくかさなるさざなみになってピアノの中からあふれてくる。音楽を泳ぐように指が複雑な線模様を残していく。

まだ弾ける、本当はもっと弾いていたかった。

そう思うと変に折れ曲がったままの形に固まってしまった左手の薬指が嫌に目について、忘れてしまいたいくせに忘れられない、燃えない面倒になった記憶が目の前によみがえってくる。

春呼おばさんは自分の痩せた手を、骨の折れたわたしの指にかさねて、

「どうして隠したの？」

と、問い詰めた。演奏会もどうにかこなしたし、それで別にいいじゃん、春呼おばさんには関係ない、とありきたりの反抗をひとしきり終えた中学生のわたしは最後に、

「もうピアノなんか弾かないから」と言って、春呼おばさんに背を向けた。

「もしかして、学校でいじめられているの？」

必死に問いかけてくる声に、わたしはひとつも返事をしなかった。

骨ばった手に刺されるまち針の数は日ごとに増えていったけれど、手は少しも痛がらなかったし、ピアノの鍵盤の上を歩くのをやめなかった。一週間後に町のコンサートホールで演奏会が開

かれることになっていて、わたしはそれに出演する奏者の一人だった。家ではあまり大きな音を出せなかったから、放課後の音楽室で思う存分練習した。曲を弾く前にいつも必ずスケールの練習をして、その時低音から高音へと進む手が十本の脚で動く生き物に見えた。指を動かすと手の甲に浮き上がる骨がぽくぽくぽくと歩行の形を作っていた。

「あんた異常だよ」

と、みゆちゃんは言った。うん、そうだね、わたしもそう思うよ。どんなに針を刺しても痛がらない手は、音楽室でうつくしいピアノ曲を弾くのをやめなかった。

「痛みを感じないなんて、あんたおかしいよ。だから人の気持ちもわかんないんじゃないの？」

わかるわけないでしょ、人の気持ちなんて。そう思っていたけれど口には出さなかった。みゆちゃんだって、だれだって、わたしがアイヌ系であることやそのために考えてしまうことなんて知らなかった。春呼おばさんに流れる血の色が、わたしの脳裡に暗く広がった。それと同じ色の血がわたしの青い血管を流れていた。「どうして死んだらいけないの！」と、若い頃何度も叫んだという春呼おばさんの声がわたしの心に響いていた。

「ピアノなんか習って、あんたばっかり恵まれているってことに一生気がつかないんでしょ」

みゆちゃんがそう言い放ったと同時に、低い音がした。わたしの目の前が暗くなって、夜が落ちてきたと思った。その下で、骨ばった生き物がつぶれていた。みゆちゃんが重たいピアノの蓋を落とすように乱暴に閉めたのだった。白い鍵盤を伝って生き物の血が垂れた。音楽室のグレーのカーペットに赤黒い染みができた。みゆちゃんは走って音楽室を出て行った。だれにも言えなかったから、わたしは割り箸を添え木にして自分一人で手当てをした。包帯を巻いた手を母さんに問い詰められて「練習のし過ぎで腱鞘炎だよ、もうこれっきり、今回の演奏会でピアノ、やめるからね」と応えた。演奏会の当日まで、あれから一切練習はしなかった。自分の判断がどこまで正しいのかはわからなかったけれど、たぶん左手の薬指の骨が砕けていた。

痩せた体に黒いドレスを着て、まるで死神みたいだと思った。楽屋にみゆちゃんからお花が届いていた。それがあの子のやり方だった。周りにはいい子のふりをして、あとでわたしにお金や欲しいものを次から次へと要求してくるのだ。ピンク色のカーネーションが籐の籠に活けられていて、その根元のほうに何かあると思って指を突っ込んだら、仰向けにされたハムスターの死骸だった。お腹にまち針が三本刺さっていた。演奏会本番のプログラムは飛ぶように過ぎて、わたしの順番はすぐにきた。足音を立てないように気をつけても、緊張で重くなった足はどうにも無作法になった。ステージ袖からピアノの前まで歩いて行って、客席に向かって深くお辞儀をした。しきたり通りに椅子の後ろを回って座った。包帯を外された十本脚の生き物は何事もなかったかのように鍵盤に乗ると、最初の一音目を踏んで、それから躓《つまず》くことなく歩いた。ラヴェルの、水の戯れ。十本のうちの一本は使い物にならなかったので、それをかばうような運指をわたしは瞬時に編み出していった。

今、その曲はほとんど鳴らない。長い曲ではないけれど、わたしの指は曲の進行をすっかり忘れてしまっている。後半は指が鍵盤を撫でるだけになってしまったのに、記憶の中の指がかさなってきて、曲の終わりまでなんとか這い進んだ気になった。曲の端っこで、わたしの意識はだれもいない無音のコンサートホールに引き戻される。これで捨てたことにできたらいいのにね、とピアノの下のウミガメに言った。

行こうか、ウミガメの顔を見ると口が開かないように縫い付けてあった糸がほつれてきていた。けれど何十年も硬く閉ざされていた口は、ちゃんと沈黙を守っていた。照明を見上げるように甲羅から伸びた首に触れると、喉のあたりにも縫い目があった。たぶん剝製になる時ここをメスで縦に切り裂かれたのだ。その傷から頭の中身が搔き出され皮膚に付着した肉を削がれたのだと思う。このウミガメはそうやって自らの死の向こう側にやってきてしまったのだ。

ピアノの蓋をそっと閉じ、ウミガメを抱える。この町にこんなにいいピアノがあったなんて知らなかった。わたしが子供の時はYAMAHAだったなと思いつつ、そばを離れた。ステージ袖に戻って操作パネルに触れ、照明を消して緞帳を下ろすと、あっという間に息苦しいほどの闇が満ちる。もう二度とピアノに触ることはないだろう。

コンサートホールを出て建物の横をすり抜けると、高くなったその場所から眼下に四百台近くは停められる、広い駐車場が望める。どうせここまで歩いてくるなら、はじめからコンサートホールの駐車場に化石食いを停めるべきだったろうか。だけれどたぶん、歩いてきたことに意味がある。もとは運河だったこの場所が見せる記憶や隠す気配、そのひとつひとつに重なるようにわたしは歩いてきた。束の間、過去の時を生き直すたびに足取りが撓み、ここがどこなのかわからなくなるから、ただ歩くよりもずっと公園が長くなる。軽くなったウミガメはもう腕に抱えている感触さえしない。もうすぐわたしの腕から離れて遠くへ行ってしまうのだろう。潮のにおいのする霧が出てきた。この町の霧にはにおいがある。

13

「エビになるのよ」

遠くからほーぅほーぅと霧笛がきこえて、深い霧に包まれた海上の船がみちびかれていく、こんな、いくつもあったねむれない夜のひとつに、わたしが横になった布団の傍らで正座した春呼おばさんが低い声で言うのだった。ねむれないっていうのはね、日中のつらかったこと苦しかったことが暗闇にぐるぐる回っているから、そういうときはエビになるのよ。

父さんは仕事で家にいなくて、母さんは遠方の友達に会うための長い旅行に出掛けていた。まだ中学生だったわたしの面倒をみるために春呼おばさんはずっとうちに泊まっていた。「ごはんとかコンビニで買うから一人でも大丈夫だって」と抵抗したところで、春呼おばさんは帰ったりしなかった。毎日春呼おばさんのあたたかいご飯を食べた。少ししか食べられなくても春呼おばさんは絶対に叱らなかったからかえって安心して、いつもより一つ多く、秋刀魚の甘露煮を食べることができた。当時、別の場所で暮らしていたおじいもやって来たから、ここはまるで他所の家みたいになった。嫌な感じはしなかった。食事をしている二人の顔をちらと盗み見ると、おじいは丈夫な歯でばりぼり黄色い沢庵を嚙み、春呼おばさんは点けっぱなしになったままのテレビから流れてくる歌謡曲にゆらゆらと肩をゆらして、その歌を小さく口ずさんでいた。おじいは沢庵を噛みながら喋るので何を言っているのか聞き取り難かったが、何故かすぐにわかるらしい春呼おばさんは「はいはい」と言いながら醬油を差し出し、グラスに麦茶を注ぎ、テレビの音量を上げた。

わたしの寝つきが悪いのはいつものことだったけれど、母さんに気がつかれたことはなかった。ついに一睡もできずに青い顔をして起き出すような日もわたしは休まず学校に行ったし、それが母さんの望みだった。あまり子供を休ませすぎるとご近所に何を言われるかわからない、と母さんは思っているようだった。それに成績に響いたら大変でしょ、とさもわたしを気に掛けるように言うのだが、そもそも学校に行けば教科書を隠されノートを破り捨てられていたから少しも勉強になんかならず、学校で習う一切を家に帰ってから自分一人でなんとかしていた。学校には絶対に持っていかないノートに並んだ数式や英単語の細い線はきれいだった。そういうものが、だれにも邪魔されないでここにちゃんとある、ということに慰められた。ノートの途中に挟んだまま忘れていた押し花が手の甲に落ちて、その花の名前を思い出せないくせになつかしい気持ちになった。七の月に空から恐怖の大王が降ってくるという予言が二ヶ月後に迫るこの頃は、毎日が終わりの前にいるような感じで、崖の端からばらばら小石の落ちていく奈落の底を這いつくばってのぞくように生きていた。誰もかれも嫌いだったくせに、人類が滅ぶのは嫌だった。そうならないように毎晩祈った。矛盾した気持ちのやり場がなくて暗闇にぐるぐる回っていた。

ピアノを売ってしまってできた空白に春呼おばさんは布団を敷いた。

霧笛だね、と掛布団からひょっこり頭を出したわたしが言うと「そうだね」と春呼おばさんは応えた。あまり干すことのない布団は湿って重く、霧のにおいがした。いっぱいに吸い込んで、ここは海だとわたしは思った。布団にもぐりこんで両膝を折り曲げ腕で抱え、エビのように背中を丸めた。首を曲げると、胸の前に色とりどりの光の粒が帯になって過ぎていくのが見えた。膝に当てて組んでいた指を解き、片方の手で胸の前の空間を掬った。光の帯に何度も指先をひたしてかき乱し、それでも光の粒はよどみなく、わたしのてのひらを突き抜けて流れた。なんだか透明になったみたいで「春呼おばさん、光が通ってく」とくぐもった声で言った言葉が、ちゃんと形になったのか不安になった。少し遅れて「ひかり？」と春呼おばさんの声が返った。

「いろんな色の、虹みたいな光が流れて見えるの、魚の群れみたい」

「ああ、貧血なのね、あたしにも見える時あるよ」

「今は？」

「見えない」

エビになったまま自分の心臓の音をきいた。もぞもぞと動いて寝巻の胸をはだけ、心臓を掴もうとするみたいに両手を当てた。弱い心音が薄い皮膚を波立たせていた。左の乳房を掴んで息を吐いた。心音は弱いけれど途切れずいつもよりいくらか速く鳴っていて、痩せた人の軽い足音を思わせた。意識の半分がねむりの領分にはみ出しつつあったわたしは、この足音に導かれて、霧深い夜の夢にまぎれこんでいくのだった。

夢の中でハルコ、とだれかがわたしを呼んで、振り向くとそこは中学校の教室だった。小学校よりもいくらか大きい、けれど体の大きな男子にはおもちゃのように小さい机がいくつか合わさって小島になっていたり、そこからちぎれて漂流していたり、ぎいっと音を立ててあっちの島からこっちの島へと動かされる途上だったりする。漂流の一片にわたしは摑まっていて、ハルコ、とまただれかが呼ぶのをきいた。ハルコ、春呼？　ちがう。わたしは春呼じゃない。けれどこの教室で、わたしは抗うための声を持てないでいる。窓の外には雨が降っていた。低い雲と暗い校舎のせいで空気が灰色に見えた。

前髪から机の上に水滴がひとつぶ落ちて、重力に撓んだ形に蛍光灯の光がすっと通った。ほんの十五分前に、ハルコは外に立っていたのだな、と思った。だれも来ないグラウンドで体育の授業が始まるのを待っていたら雨が降ってきた。天候不良のため体育は中止、各自教室で自習すること、という連絡があったのをだれもハルコに教えなかった。「ハルコって馬鹿だよね」「あの子アイヌなんでしょ？　なんかどんくさくて嫌になる」「貧乏くさいしね」「このあいだ生理のナプキン貸してほしいって頼まれたんだけど」「めんどくさ、それでどうしたの？」「あげた。一個だけねって言って」クラスは今いくつかの机の小島になっているけれど、ハルコの机だけどの島からも捥《も》ぎ離されて、ひとつだけ漂流していた。自分のことを馬鹿にする島なんてこっちから願い下げだと息まいても、じゃあ島から出てどこへ行くのと心の声が問いかけてくる。北海道から出ていこう、ハルコはそう決意したこともあったはずだ。けれどもそのたびにハルコの心にしっかりと根を張る伝統が先祖たちを思い出させ、彼らの眠る土地を捨てては行けないのだった。前髪からもうひとつぶ水滴が落ちた。外側に深く曲がるやわらかい親指の腹で虫を潰すように水滴をぬぐったら、机の傷に皮膚が引っかかった。だれかにカッターナイフで深く彫りつけられたアイヌという文字がぎくしゃくとしてそこにあった。ハルコの机はどんどん漂流して、やがて教室の外に出てしまう。そして白い闇がにおい立つ半ば夢半ば現実の海霧に包まれた真夜中まで流れて、潮のにおいのする布団の中でうとうととしていたわたしをはっと目覚めさせた。

「春呼おばさん」

と、わたしはエビになったまま呼びかけた。傍らで音量を下げたテレビの点滅を見つめていた春呼おばさんは不意打ちを食らったように肩をびくっとふるわせたけれど、すぐに姪の声だとわかって何にも動じていないふりをした。

「春呼おばさんって、学校好きだった？」

「きらいよ」

迷いのない答えにわたしは安心して、布団の中でもう一度目を瞑った。

つながってしまう。こうしてまたずるい時が目の前に滑り込んできて、わたしを過去にさらってしまう。春呼おばさんの心臓の音をこの胸にきく思いがした。

駐車場のほうを向いて、そこまで下りていく長い階段に座る。マンネン、と膝に乗せたウミガメを呼んでも返事はない。剝製の顔をじっと見つめてから、駐車場を見せるようにその向きを変えた。海はあっちだよ。ねぇ、マンネン、覚えている？　おじいのこと。行方不明になった時、おじいは本当に運河に行っていたのかもしれないね。まぼろしの運河におじいはまぎれこんで、それで沖まで流れながら自分を甲羅に乗せて泳ぐウミガメとこんな風景を見ていたんだね。

　星がきれいだった。でもこのきれいな星のことを、わたしはあっけなく忘れてしまうのだと思う。どんなに悲しいことだってわたしは忘れてしまうから、今日のこの大停電を引き起こした地震のことだって、すぐに思い出さなくなる。まぬがれるすべはきっとないし、それでいい。わたしは薄情者だから、なにもかも、本当はすっかり忘れたい。アイヌのことだって、と思いかけて春呼おばさんの顔が浮かぶ。覚えていられるうちは痛がりつづけないと駄目だって、春呼おばさんなら言うのかもしれない。今朝、素足で陶器の破片を踏んだ時に「痛い」と言ったって良かった。痛いものは痛くて痛くてしょうがないのだから、そう言っていい。ちゃんと痛がっていないと、痛みをもたらした出来事も感情もすぐに消えて、なかったことになってしまう。

　立ち上がって、駐車場に向かう階段をゆっくり下りていく。この大きな島の全部が停電なんて夢みたいだ。スニーカーの底が何かを踏んだ。iPhoneで照らしたらそれは巻貝だった。踏んだせいで砕けていた。時々、道路に殻の硬い貝やクルミを落とすカラスがいる。人間と町の中で共生するうちに身に着けた知恵で、硬い殻を走行する化石食いのタイヤでばりぼり砕かせるのだ。そうして露わになった殻の中身を嘴でつつく。でもこの巻貝を見つけたカラスは中身がからっぽだったからがっかりしただろうな。近くのごみ収集場所に忍び寄って燃えるごみの黄色い袋から引っ張り出したんだろう。ふつうは可燃物として処理施設で焼かれて形を失くすものが、黒い嘴の横やりのせいで匿名の面倒になって転がっている。あとで公園を担当する清掃業者か、コンサートホールの管理者が、どうしてこんなところに貝殻なんか、と怪訝な顔をして、拾って燃えるごみの袋に入れるのだろう。

巻貝のうすい破片を拾って指先でつまみウミガメの前に差し出すと、濡れた義眼にぼんやり映る。あたりには霧が出て、数十メートル先さえ見えないほどになっていた。水の気配にコートが濡れて重くなる。

階段に散らばった残りの破片も全部拾って、一番大きなものを駐車場に向かって抛り投げた。離陸した小鳥のように空中でふるえ、霧の中にもぐりこんで見えなくなった。

化石食いのいない広い駐車場は夜の海に似て、地上にぽっかり口をあけた奈落だ。覗き込んだらそのまま飲み込まれてしまいそうな深みだ。燃えない面倒を不法投棄するのにうってつけの闇だ。壊れた雛人形も連れてくれればよかった。年々瘦せていくように見えると母さんが言った、あの人形のことを思い出すたび、わたしの中に春呼おばさんの痛みが流れてくる。わたしの痛みに重なってくる。痛くない、とどんなに否定しても消えてなくならない痛さが、体の内側から皮膚の表面までひりひりと浮かび上がってくる。左のてのひらに握り込んでいた貝殻の破片を、全部口の中に抛り込んで奥歯で嚙んだ。破片の尖端が、やわらかい口腔に刺さってあちこち切れた。それでもやめないで、ばりぼりと血の味を嚙みしめる。貝殻を砕く。唾液と血が混ざりあったものがあふれて唇の端から流れた。吐き出したい、全部、吐き捨ててしまいたかったけれど、ひと思いに飲み込んだら喉に焼けるような痛みが走った。そうだ、わたしは餓鬼なのだ。食べようとしたものが、食べる寸前にみんな火に変わってしまう。まっとうに食べることのできない餓鬼なのだ。

たぷん、と何かが水に落ちる音がした。

目を凝らしてよく見ると、駐車場に暗い海が広がっていた。コンサートホールの石の階段に黒い波が次から次へと打ち寄せてくる。水に落ちたのはさっき抛り投げた貝殻の破片だと思う。ここはかつておじいも迷い込んだ運河の時間の、その先の海だ。ずるい時がにじんで、わたしにその姿を見せたのだ。

階段の一番下から三段目のところで靴を脱いで揃えて置いた。靴下も脱ぎ捨てて裸足になった足の裏に石の感触が伝わってくる。数えきれないほどたくさんの人に踏まれてきたコンサートホールの階段には、跳ねるピアノの音や管楽器の力強い旋律の流れ、ティンパニーの音の粒のざらざらした感触が残っている。遠い残響がずっときこえている。ここはしずかな場所のようでいて、本当は賑やかなのだった。その賑わいをわたしの足の裏が踏んでいる。だから、胸に抱いたウミガメと別れることになっても、さみしくない。もしも今夜このまま行方をくらませてしまうとしたら、だれかがわたしを探すのだろうか。かけがえのない個人というものが人と人との関係性の中にあるのだとしたら、学校も仕事もなくて友達もいないわたしがそういう存在である可能性は限りなくゼロに近いと思う。もしかしたら母さんは血眼になって、わたしの部屋のごみ箱をひっくり返し、逆さまにして振り、底まで覗いて、それから家じゅうのごみ箱、燃えるもプラも紙も、空きかんやびんも全部ひっくり返して、挙句の果てに収集場所に出した燃えるごみの袋の口をみんな解いて探すかもしれない。うざいね、とわたしはマンネンに言う。春呼おばさんはきっとわたしを探さない。わたしは燃えない面倒を抱えて、それを捨てるために漂流する。

片足ずつ、ひたひたと満ちる水の中に差し入れた。涙のようにぬるい水を想像したけれどそんなことはなくて、運河の水はつめたい。思えばこの町の海の水は、夏でもつめたかった。運河もどきの公園には無数の記憶がにじんでいた。それがあふれて水になった。水の底で足の裏に触れた小石を蹴り飛ばそうとしたら、足が消えて無くなった。

胸に抱いたウミガメの、うるんだ義眼にわたしの顔が映っている。この顔はもうすぐ行方をくらませる。その予感に心が軽くなる。両手でウミガメの甲羅を摑み直して、水の中にそっと放した。ウミガメは振り返らない。泳いでいくかのように波に運ばれてみるみる遠ざかってゆく。鼈甲のきらめきが最後に波間から跳ねるように見えたその瞬間にわたしの口から「さよなら、春呼おばさん」と声が漏れた。たぶん春呼おばさんのほうが、わたしよりもずっと長いあいだ漂流しながら生きてきた。体の奥の一番深くて熱い場所に決して離さないように燃えない面倒を抱えて、これからも生きていく。やっぱり春呼おばさんは強いのだ。その姿をわたしは正視することができない。大きな力にきゅっと絞られて、パッと春呼おばさんの中の何かが散る。それでも春呼おばさんの体の中には果てない血が巡り、命が行き止まりに着くまで漲っている。また散る、何度でも散る。そのたびに春呼おばさんの心は燃えるように痛む。

わたしはそんなふうに、痛がり続けることはできない。だからウミガメの剝製を広い海に放したのだ。

水のつめたさが痛みに変換されて神経を走ったのは最初のうちだけで、ざぶざぶと腰まで浸かってゆくと、すぐに下半身の感覚が消えた。腐っていく、こうやって肉は腐ってなくなる。まるでホッチャレになったかのよう、と結んだ言葉が水に沈み、さざ波になってさわぐ。でもホッチャレみたいに自分の人生をまっとうできてないよね、と声がしたと思ったら、指先の皮膚にふっと魚の気配が通った。捕まえたら、ぽろぽろと手の中で崩れた。でもまだ向こうから泳いで来る。続けざまに摑んでいったら、やっぱりどれも崩れていった。脆い群れだと思って目を凝らしたら、全部、骨の魚だった。まるで生きているかのように脊椎骨を力強くゆらして、骨の魚は消えたわたしの足の間をくぐっていく。耳を澄ますときこえる、小さな骨と骨がぶつかってぽくぽくとかすかに鳴る音が、水の底で遊泳の形を作っている。てのひらに残っていた骨の感触が消えた時、自分の手が失われたのを知る。水中に小さな骨がぱっと散って、ゆるやかな曲線を描きながら沈んでいく。わたしがこわした魚の骨なのか、こわれたわたしの骨なのかわからない。深く吐いた息が気泡に変わり、ほどけていく意識を包む。不思議と視界が明るくなったので見れば、暗い水の底で、骨の魚が光っている。わたしはとけて、水と一体になっていく。かなしい水だ、けれども命は繫がろうとしている。次から次へと、過ぎていく骨の魚の肋骨に稚魚がゆらゆら隠れている。まるで胸に抱くように、死んだ魚が生まれたばかりの稚魚を海へみちびいている。かなしい水の中で世代が繫がっていく。骨の魚は泳ぎながら水中に円を描く。やわらかな曲線が枝分かれして、また別の円を描き、そこからまた分かれて無数の円が花のように水中に咲いていく。そうして光が、花の中心からほとばしり出たと思うまもなく、ばりぼりと、硬いものが砕ける音がした。化石食いだ、とわたしは直感した。化石食いが硬いものを嚙み砕いて食べていく、その音がわたしに自分の耳の存在を思い出させる。

「夕香、来たよ、夕香！」

声がきこえた途端に光が消えた。夕香、夕香。はっきりとはきこえなかったその声が繰り返されるうちに意味を帯び、わたしの名前の形になって体全体をゆさぶってくる。まどろみのような消滅の中から、わたしの体が取り戻される。少しずつ意識が明瞭になっていくにつれ、水中の花のほうがほどけて消えた。魚の気配もすっかりなくなって、裸足で駐車場にうずくまっていたわたしを抱きしめていたのは春呼おばさんだった。

「もう、なによ。あんなふうに靴を揃えて脱いで。入水するひとみたいなことして」

小さな頃からあやういところがあるとは思っていたけれど、とつづけた春呼おばさんの頭の中には、あの山奥の水源の冷たい水に入ったわたしの姿が浮かぶのかもしれない。別に死のうと思ったわけではなかった。あの時も今夜も、わたしは自分の形をあやふやにしてそのまま消えてしまいたかった。自分の形をほどくように停電の闇にまぎれてしまえば何もかも放り出してしまえる、深くは考えないでいたけれど、運河に割れた茶碗を捨てに行って二週間失踪したおじいみたいに、わたしは今夜このまま家に帰らないつもりだった。運河に放したウミガメのあとを追いかけるようにして、行方をくらませようとしていた。

「え、あれ？　マンネンは？　マンネンはどこ？」

まさかウミガメに置いて行かれるなんて思いもしなかった。

「マンネンってなに？」なんとか立ち上がって、きょろきょろとあたりを見回すわたしの肩を支えて、春呼おばさんは怪訝な顔をする。まだ半分夢に浸かっているならば今度こそ完全に引き上げてやらないといけない、そう思ったかのように春呼おばさんの手に力がこもる。わたしはその手に自分の冷たい手を重ねて、さっと振りほどいた。

「わたし、この運河にウミガメの剝製を逃がす、というか捨てようと思ってここに持ってきていたんだけど」

わたしがそう言うと春呼おばさんは、しまった、というきまりの悪い表情を浮かべて「もしかして、あれ?」と自分の車のほうを指さす。わたしにはよく見えなかった。それでコンサートホールから駐車場に続く階段まで戻って脱いであった靴を履き、何度もバランスを崩しながら春呼おばさんの車のそばまで走る。ウミガメはまだそれほど遠くへ行っていなかったのだ、という安堵にこわばってぎくしゃくしていた体がゆるむ。駐車している車は他になかったから春呼おばさんの車はすぐにわかった。

「車、買い替えたんだね、新しくなってる」

後ろからついて来る春呼おばさんを振り返らずに言うわたしの背中に「当たり前でしょ、あなたが最後にあたしの車に乗ったのってもう十年以上も前よ」と声が届く。iPhoneで照らした光が銀色のボディに跳ね返されて空中にきらめき、すっかり隔たって硬直していたわたしと春呼おばさんのあいだの時間をくすぐった。光をゆっくり地面におろしていくと、駐車場の白線の上にばらばらに砕けた残骸があった。

「マンネン……?」

後輪のうしろに、ウミガメの剝製はあった。おじいを救ったウミガメにこんな仕打ちをすることになってしまうなんて思ってもみなくて、わたしは言葉を失った。この子は海へ帰ることができなかった。干からびた頭部が平べったく潰れ、一抱えほどもあった大きな甲羅が粉々に砕けていた。わたしを追い越してウミガメに近づいていった春呼おばさんは、その傍らにしゃがみ込むと、眼窩からこぼれたガラスの義眼をつまみあげ、手を高くあげて星空に掲げた。義眼を通して天の川を見つめているようだった。

「携帯の充電が切れちゃって、でもその直前に運河にいるって言ってたでしょ？　天の川の下をウミガメと歩いてるって。なんだかね、夕香もエカシみたいに、少なくともあなたがそう思っているエカシみたいに運河で行方をくらませようとしているんじゃないかってね、すぐにわかったのね。それにウミガメってきいて、どうしても確かめなくちゃいけないと思って、慌てて車を出してここに来たの」

　この町に住んでいて「運河」ときけば迷うことなくここへ辿りつける、と春呼おばさんは話した。道中、ほとんどのエリアでまだ停電が続いていて、信号も機能していなかった。そんな真っ暗な道路を、春呼おばさんの車は満天の星から降る光に銀色の背をさらして、迷いなく走ってきたのだった。そうしてコンサートホールの駐車場に入り込んですぐに、アスファルトの上に投げ出されていたウミガメの剝製を見つけた。ヘッドライトを反射した剝製の義眼がぎろりと春呼おばさんを睨みつけるようだった。フロントガラスごしにそのまなざしを受け止めた春呼おばさんはだれもやって来る心配のない駐車場の白線や進行方向を示す矢印をすべて無視して、素早くハンドルを切った。そしてまずは片方の前輪で、そのまま後輪で二度、ウミガメの剝製を踏みつけた。まっすぐ車を走らせて少し離れた場所で停止してからバックミラーの中に見た、甲羅の真っ二つになったウミガメの剝製はまぎれもなく自分の物だった。

「最初に轢いた時にこの義眼が飛び出して転がったのね、もう片方のは粉々に砕けてしまったけれど」

春呼おばさんは空に掲げていた腕をおろす。てのひらの中のガラス玉をぎゅっと握り、胸に当てる。「エカシも義眼だったね」と懐かしそうに言う。

わたしは何も言えなくて黙ってウミガメの剝製のそばに膝をついた。せめてもの懺悔のつもりだった。でも、すっかりウミガメの形を失ったそれに向かって、もうマンネンと呼びかけることはできなかった。

春呼おばさんは、剝製が間違いなく自分の物であると認めてから今度は勢いよく車をバックさせた。後輪で、そしてすぐに前輪でもう二回踏みつけたのだと言った。その繰り返しだった。何度も何度も執拗に、車は剝製を踏みつけた。

「血の味がしたよ」

「春呼おばさんの血だよね、ウミガメのじゃなくて」

口の中が切れて血が流れるほどに、春呼おばさんは歯を食いしばってアクセルを踏んだのだ。

「そうね、剝製に血は流れていないものね。あの皺だらけの皮が破れて飛び出してくるのはね、生き物の形に似せようとしたつまらない詰め物だけだよ。針金とか、麻屑やら石膏だとかね。どうしてエカシはあんな呪いみたいなものを持ち帰ったんだろうね」

「呪い？」

「そう、呪いよ。あのウミガメの剝製はね、あたしが作ったものなんだ」

いくらこの辺りは電力が復旧しているとはいえ、広い駐車場に外灯はまばらだったから、春呼おばさんの表情はわからない。これが呪い？　ウミガメの頭部だったものの、変形して複雑になった輪郭線を指でなぞりながら、わたしは春呼おばさんの次の言葉を待つ。砕けたガラスの義眼が黒々としたアスファルトの上に散らばって星のように見える。

「若い頃のあたしはね、変わっていくとか失われていくってことがすごく怖かったの。ほら、オオカミがさ、絶滅してしまったでしょう？　あたしはそれがずっと悲しかった。もう二度と取り返しがつかない、そういう道をもしかしたらあたしたちも進んでいるんじゃないかって、少しずつ未来が狭くなっていくようなね、その先にアイヌはいないっていうそんな崖っぷちにいつか立つことになるんじゃないかって不安だった。だからあたしは少しも進まないでずっと立ち止まっていたかった。それでさ、何も変わらないでずっとそこにあるものにとても安心できてね。夕香はこの町の博物館に行ったことある？」

「あるよ」

春呼おばさんの質問の意図が剝製の呪いとどう繫がっているのか全くわからないまま咄嗟に応える。この町の博物館はあまり大きな展示替えはせず、いつ行ってもたいてい同じものが変わらず並んでいた。フロアのひとつがアイヌ民族に関するものを扱っていて、そこに並ぶタマサイやアットゥシの展示が春呼おばさんには懐かしいのだろうか、とわたしは思った。けれども次に春呼おばさんが話したのは意外にもアイヌの展示フロアのことではなかった。

「受付を過ぎてゆっくりスロープを降りていってさ、照明の絞られた薄暗いフロアを進んでいくと、すぐに動物たちのいる場所に辿りつくでしょ？　もう何十年も同じ姿勢のままでいる、あの剝製の動物たち。もとは今の博物館の前身の小さな郷土博物館に展示してあったものなんだけどね、あの剝製をつくった人があたしの先生だった。今の時代はデジタルで動物の姿や歩き方なんかも残せるから、剝製なんて生臭いものの作り方自体が忘れられつつあるし、夕香も知らないと思う。でも、それはそれでいいのよ。ただ、あたしは若い頃に剝製師の見習いだったってだけ」

リビングのマントルピースに、飾られていた古い写真、わたしの聖フランチェスコは、ひどく傷んだ板張りの床に靴を履いたまま背筋を伸ばして立っていた。壁に猟銃が立てかけられているというのに、何十羽もの小鳥たちやキタキツネ、エゾリスは逃げもせず、雌雄のエゾシカも蹄の足で堂々と立っていた。その光景にわたしは剝製師という言葉をかさねる。するとたちまち、動物たちは死者になった。アッシジの聖フランチェスコの面影が消えて、春呼おばさんがただ黙って剝製に囲まれている写真になった。

「おじいは反対しなかったの？　春呼おばさんが剝製師になること」

「反対されたわよ、そんなこと、女《メノコ》のすることでねぇって」

「そう言われると余計にやりたくなった？」

「そうね、それもある」

ぺしゃんこになったウミガメの剝製を見下ろして、春呼おばさんが短く笑った。それから剝製の前にわたしと同じように膝をついて、頭のあった場所にそうっとガラス玉を置く。干からびた皮の窪んだところにおさまって、ガラス玉は転がらずに済む。

「先生はよくご自分のされてきたことについて〈永い時のつらなり、生命の輪の一つを消すこと〉とおっしゃっていた。先生はあたしなんかよりもずっと偉い方だからね、長い生物学の研究生活のうちに絶ってきた多くの生き物の命をそんなふうに省みられたのね。そのたびにあたしは随分しつこく反発したものよ、少なくとも剝製をつくることに関してはね、命を絶つこととは逆のことだって信じてたから。あたしにゆだねられた動物たちの姿形はみんな、永遠に残すんだって誓っていたものね」

わたしは今日ここに来る前のことを思った。母さんの部屋の簞笥の上からウミガメの剝製を引っ張りおろした時、気味が悪いと思うのと同時に、だれかに永遠に形をとどめるように願われたにちがいないと感じた、そのだれかが春呼おばさんだったなんて、思いもよらなかった。でもどうして、その願いが呪いなのだろう。

「皮を剝《は》ぐ時に注意しなければならないことはね、皮にできるだけ脂肪をつけないように剝ぐこと」

ねぇ、ここ照らしてみて、と春呼おばさんが言うのでわたしはiPhoneでウミガメのパドルのようだった脚の名残りを照らす。白い光の中に泳ぐ春呼おばさんの手がさっとひと撫でしただけで、砕けた甲羅の下からウミガメの脚だったものが引き抜かれる。あっけなく切り離された部分からは針金が見えた。ほら、ここに縫い目があるでしょ、ずいぶん埃が溜まって茶色くなってるけど。ここからメスを入れてね、皮をひらくの。春呼おばさんが両手の指先に力を込めて引っ張ると、皮を縫い合わせていた古びた糸が、縫い目ごとにひとつ、またひとつ、ぶつりぶつりと音を立てて切れていった。そうして春呼おばさんは剝製師だった頃の自分をわたしに示す。若い頃の過ちをもう一度繰り返すように、銓掛《せんがけ》という剝製作りの工程について話し始めた。暗い運河の公園が、春呼おばさんの声に導かれて粗末な板張りの作業小屋へと変わっていく。

体の重心をずらすと、ぎいと軋む音の鳴る作業小屋だった。その中央に置かれた蒲鉾のような形をした台の前に、銓刀を握りしめた若い春呼が立っていた。銓刀というのは、両側に把手がついている山形に湾曲した刃物だ。切り開かれた動物の皮は前工程の水洗いを終えて、外側を台面に乗せた状態で尾部を手前にして広げられていた。尾部を自分の腹で押さえるようにして、両手で持った銓刀で剝製に不要な脂肪や肉塊、血管などの皮下組織を削《そ》いでいくのだ。ちょうど剃刀をあてて腕の毛を削っていくように、春呼は上手に肉を削いだ。削ぎ落される脂肪や血管、さらにこの作業の前にはすっかり除かれていた筋肉や心臓を春呼は惜しいとは思わなかった。大切なのはこの外皮で、春呼はここに新しい命を宿すために銓掛をした。

一度作業台の上に銓刀を置いて、ゴム製の前掛けにこびりついた白い筋を指先でつまみ床に振り落とした。動物の脂が染みた板張りの床が春呼の体の重心が動くたびに鳴った。その音と脂のにおいとが滲むように広がって春呼の足下から作業小屋全体を包み込んでいた。慣れてしまうと、においは甘いとさえ感じられた。再び銓刀を両手で持ち、真皮を削ぎ過ぎないように注意しながら手を動かした。動物が永遠にその姿形をとどめるように。けれどその願いはアイヌとしての伝統的な命への向き合い方から離れてしまっていることに、春呼は気がついていた。アイヌが生活のために動物を捕るとき、その動物は人間への土産物として肉や毛皮をたっぷり携えてカムイの世界からやってくるものだった。土産を、つまり肉や毛皮を人間の利用のために受け取ったならば、カムイの世界からやって来たものは再びカムイの世界へ帰さねばならない。春呼はまわりにいる他のだれよりも強く、自分はアイヌとして生きていくのだと信じていた。伝統をないがしろにするなんて許せなかった。それなのに、失われていくことへの不安が春呼に剝製を作らせた。動物の形を永遠に人間の世界に引き留めようとした。その矛盾に苦しみながらもアイヌの世界観から離れていく自分を忘れるために、ただ黙々と銓掛をつづけた。

わたしは、春呼おばさんの骨ばった手が動物の皮を剝いでいくのを想像する。銓掛の作業は春呼おばさんに自らの肉を削ぎ落としていくような痛みを与えたのではなかったか。アイヌとして生きようとどんなに強く思っても、流れていく時間が春呼おばさんをとりまくあらゆるものを変えてしまった。不安に飲まれた春呼おばさん自身も、本当は守りたかった伝統に背を向けなければならなくなった。自分の血肉であるはずのアイヌの伝統を自ら削いでいる、という感覚。自分の下の世代、春呼おばさんにとっては姪のわたしが、その文化も思想も受け継がなかったという事実。そういうものに直面しながらできあがった剝製の動物たちは、春呼おばさんの痛みをともなう罪の意識の塊だった。そのすべてに決着をつけるために、春呼おばさんは自分の車でウミガメの剝製を砕いたのではないか。

「春呼おばさんが作った剝製の動物たちって、もしかして博物館にいる?」

「いないわ」

春呼おばさんは間を置かず応えた。

「みんな焼けてしまったからね。煙草の不始末なんていう、つまらない失火だったのよ」

春呼おばさんは過去の災厄から今日この停電の日までなぜか流れついてしまった剝製の残骸に、終わりを諭すように話を続けた。

あの日、春呼は傾いた木製の椅子に、毛布をかけた体を預けてねむっていた。一日の作業はすっかり終わっていて、動物の肉を削ぎ続けた手はこわばり二の腕は重くて、自分で動かすのさえ億劫なほどだった。疲れに沈んだまどろみのうち、やがて黒い煙のにおいを嗅いだ。炎の気配を背中に感じて、慌てて立ち上がった時には作業小屋の隅の小テーブルの灰皿付近が激しく燃えていた。そばにあった花瓶からしだれかかった枯れ花に火が移り、それが動物の脂の染みついた壁や床を這うように広がった。先生は自宅に帰っていたので春呼は一人だった。暗い炎が自分を包囲しつつあるのに、春呼の心は冷たいままだった。冷静に火災に対処した、というのではなくて、ただ自分の命の心配もしないで作業小屋が焼けていくのを見ていた。剝製を外に運び出す、ということも全く思いつかなかった。机の上の小鳥たちの広げたり畳んだりしていた羽根が乾いた音を立てて次々と炎を纏《まと》った。上へ上へと昇っていく熱い空気が烈しく燃えあがる鳥たちの最期の飛翔のようだった。延焼は続き、ようやく我に返った春呼は煙に巻かれまいと両腕を振り回し、咳込みながらドアのほうに向かって逃げた。炎はむごたらしく木製のドアを舐めるように上へ伸びて、退路を塞いでいた。春呼の足は焼け崩れた剝製の眼窩から転がり出た義眼を踏んだ。

なんて歪《いびつ》な命なんだろう、春呼は思った。

炎に右半身を突っ込むように体当たりしてドアを開け、やっとの思いで外に出た。振り向くと、燃えあがる牡鹿が片方の前脚を持ち上げたかに見えた。焼けて縮んでいく皮を引き攣らせて歩き出そうとするかのように、それは一瞬だけ歪な魂を宿らせて春呼を睨みながら近づいてこようとする、動物の怨念だった。たじろぎながら、春呼は左手で自分の右腕を払った。焼け焦げたカーディガンがぼろぼろと崩れ、火傷の痛みを遅れて感じた。

「それで全部焼けてしまって、春呼おばさんは本当によかったの？」

「うん、それでよかったのよ。むしろほっとしたくらい。あんなうわべだけ形を真似た命に時間なんて流れていなかったからね、永遠もへったくれもなかった。むしろ呪いだった。結局はね、みんな間違いだったんだよ。命って歩み続けて変わっていくものでしょ？　それでいいんだって、あの火事でやっとわかった」

ゆっくり立ち上がった春呼おばさんは、車まで歩いていってヘッドライトを点灯した。そうして片手にひらひらと黄色いポリ袋を持って戻って来て、

「これは全部燃えるごみでいいね」

強い光の中で春呼おばさんは剝製の残骸を拾い集めて燃えないごみに分別すべき針金や石膏も、大胆に全部まとめて袋の中に抛り込む。なんだか骨を拾っているみたいだ。そう思うと火葬場のおじいの骨が浮かんだ。アイヌのひとは歯が丈夫なのね、とだれかが言った、そのおじいの歯は顎骨についてしっかりと残ったものも多かったけれど、他の小さな焼骨にまぎれて散らばったも

のもあった。反対を押し切って剝製師になろうとした娘におじいはどんな感情を抱いたものか、その感情を抱いたまま亡くなったなんて、子供のわたしには想像もつかないことだった。アイヌとしての誇りを誰よりも強く受け継いだ春呼おばさんが、その生命観に逆らったことがあったなんて知る由もなかった。

「そうそう、それでさ、エカシが運河にお茶碗を捨てに行って二週間行方不明になった、なんて話があったでしょ？　あたしの昔のこともバラしちゃったついでに言っちゃうけどさ、あれはエカシがまだ子供だったあなたに面白おかしくした作り話でね、本当はあたしの作業小屋の後始末を手伝ってくれていたのよ、火災のあとでね。今夜実際に見て、まさかウミガメだけが残っていたとは驚いたけれど。焼けなかったのをエカシがこっそり持ち去ったのね」

剝製だったものの断片をすべて拾い終えると、春呼おばさんはポリ袋の口をぎゅっと縛った。

「でもこれで、あたしの間違いのせいでこの世界に引き留められて埃まみれになってたこのウミガメの歪な命もさ、きちんと終わらせてやれたし、ちゃんとカムイの世界に帰っていったはずだからね」

カムイの世界に帰る、ごく自然にそう表現する春呼おばさんは、やっぱりちゃんとアイヌに繫がっているのだとわたしは思う。今となってはみんな間違いだったと言うけれど、剝製師の仕事を真摯にやってきたからこそわかった命の形だって絶対にあったはずで、無駄なことなんてなにもなかったんだと、わたしは言い張りたい。

「ところでさ、気になったんだけど剝製になる前のウミガメの死骸って、どこで手に入れたの？」

「あー、あれはね、エカシと浜を散歩している時に、子供らに取り囲まれて棒で殴りつけられていたのを助けたのよ」

弾む声でうれしそうに語り始めた春呼おばさんのその物語はなんだか「むかしむかしあるところに」と始めたくなるおとぎ話のようで、やっぱりおじいの娘だから、おじいがカメに乗って海から帰って来たとホラ話をしたのと同じように、たった今即興で作り出した物語なのかもしれない。それでもいい、わたしが今夜マンネンと呼んでいたウミガメには春呼おばさんの語る話が似合っている。せめて「めでたしめでたし」と言って終わりにしたいけれど、それはわからない。ウミガメが助けたお礼に竜宮城へ招待してくれるとも限らない。ただひとつ確かなことは、ウミガメの魂はとっくにどこか別の世界に帰っていた、ということだ。たぶん浜に漂着する前には、もうとっくに。

春呼おばさんはアイヌだ。けれどそこに繋がっているのとは反対のもう片方の手は、和人の物語に描かれる竜宮城に結ばれている。だって春呼おばさんはおひなさまが好きで、和人のものでもアイヌのものでも分け隔てなしに、うつくしいものをちゃんとうつくしいと言えるひとなのだ。アイヌだ和人だと、わざわざ線を引いて、春呼おばさんと分かり合えない、春呼おばさんが誇りに思うアイヌというものを受け入れることができないと勝手に遠ざけていたのはわたしのほうだった。

「今度トンコリ弾いてみたいなぁ」とわたしは言って、腕を勢いよく空に突きあげ、ピアノを諦めざるをえなかった指を広げて天の川に重ねる。アイヌの五弦琴の名前に春呼おばさんは頷く。それから春呼おばさんも片手を上げて天の川を撫でて鳴らすような仕草をする。さわさわと瞬く白い星くずのどこかに国際宇宙ステーションが隠れている。

「今夜国際宇宙ステーションが降ってくるって話、知ってる？　あれ、あたしが思いついた話なのよ」

　ＳＮＳを絶え間なく流れてひとを騒がせるデマの発端が、今この運河でわたしの隣にいるひとの言葉だったなんて信じることはできないけれど、わたしもラヴェルを弾くように指を動かしながら、春呼おばさんの話の全部を受け入れて頷く。細い指がしっかりと結び合うように手をとりあって立ち上がる。

「でも残念なことに、動物の皮を剝ぐのをなりわいにしようとしていたあたしの指はね、トンコリの練習なんか一回もやったことない！」

　それをきいて、わたしはこれまでの人生で一番大きな声をあげて、涙を流しながら笑った。


iPhoneを見ると零時を過ぎて、日付が変わってしまっていた。もうすぐ一時になる。夕香はどこに車を停めたの？　という問いかけに運河の公園の駐車場に停めてある化石食いの話をする。そこまで歩いて戻るのは大変だし、疲れ切ってる夕香に今夜はもう車の運転なんか無理よ、あたしが家まで送ってく、と春呼おばさんは提案した。明るくなってからバスにでも乗って化石食いをとりにくればいい。

春呼おばさんの車はトヨタのハイブリッド自動車だった。運転席のドアを開けた春呼おばさんは助手席の足下に黄色いごみ袋を抛る。昔から助手席に荷物を置くことを知っていたわたしは始めから迷わず後部座席のドアを開けて、春呼おばさんの後ろに乗り込んだ。

さあて運河を脱出だね、と春呼おばさんが言うやいなやエンジンがかかっていたのも気づかないほど静かに、そして滑らかに車が動き出す。コンサートホールの駐車場内をぐるっと回って、出口のほうに車を向けるとそのまま公道に出る。運河沿いをしばらく走って海に近い道路まで来ると、このあたりはまだ電力が復旧していなかった。もう一度ブラックアウトの闇に沈むようで息が苦しくなる。黙り込んだわたしに、春呼おばさんは正面を向いたまま手だけを後ろへやって運転席からガムを差し出す。

「ちょっと遠回りになるけど、あたしの好きなルートで走っていい？」

わたしに異論はなかったので、いいよと短く返事をしてガムを受け取る。ついでにちらりと見たカーナビには何の変哲もない地図が映っていた。わたしたちは地図の町を白い矢印になって進んでいく。窓の外を暗い夜が流れていく。時間はただ経っていくから、たとえ停電が復旧しなくても朝がくれば明るくなる。夜明けに向って、と思いかけたその言葉が安すぎるような気がしてちょっと恥ずかしくなった。声に出さなくてよかった。灯りがなければ民家も店舗もほとんど変わらない形の塊で、夜を堰《せ》き止めるように人間の生活を囲っている。

大きな橋にさしかかる。橋の下を水量の多い河が黒々と、海へ向って流れている。波立つようにふくれた河面の下には夜に眠らない生き物が泳いでいる。だれもいないのをいいことに、春呼おばさんは猛スピードのまま橋に入り、対向車線を分ける白線の上を堂々と走る。その時、橋の両側に立っていた街灯が、わたしたちの車を追いかけてくるようにひとつ、またひとつと点灯した。停電が解消していく。子供の頃に親が運転する車の窓から今と同じ街灯を見ていたわたしは、その橙色の光が誕生日ケーキのろうそくの炎のようだと思っていた。わたしと春呼おばさんを乗せたハイブリッド自動車の上に、おだやかで明るい炎が降り注ぐ。

ねぇ、春呼おばさんの誕生日っていつだっけ？　声に出して尋ねることができたのか、できなかったのか、自分にもあいまいなまま、非日常の終わりに押し寄せて来た眠気に溺れそうになりながら、わたしは靴を脱いで後部座席に丸くなって横たわると、橙色の光がしみる目を何度も手の甲でこすった。

彫刻の感想

子熊が、川べりにとんと尻をついた。近くの藪の中に大きな母熊がいて、真っ黒な毛皮を背負い武器になる爪を舐めながら、我が子を見守る。子熊に手を出すものがあれば容赦なく、それが何者であれ立ち向かうのだ。ところでそんなふうに守られているこの子熊は、川を遡上してきた鮭をとるのもへたくそだったし、人間のにおいを嗅ぎ分けて避けるのも苦手だった。それである日、石の色が透けて見える浅い流れの中に一人の人間がいて、器用に鮭を獲っているのに出くわしてしまった。秋の冷たい水の中で胴長《どうなが》を着た密漁者が「しまった」と漏らしかけた声を両手で抑えて静かに後ずさっていく。足先だけ水につけてみた子熊は追いかけもしない。この時ばかりは密漁者が幸運だった。母熊は夕暮れの空を旋回する大きな鳥に気を取られていたのだ。尾羽《おばね》を長くたなびかせて夕焼けの色を引いて飛ぶ鳥だった。

子熊は密漁者が川べりにほうり投げていた鮭を見つけ、まだ生きている魚に遠慮がちに前足をかけると、黄色い牙をぎっと立てた。そうして、子熊はとんと尻をついたのだ。その座り方もなんだかへたくそで、銜《くわ》えた鮭の大きさと重さのせいで今にも前のめりに転がってしまいそうだった。
と、牛《うし》くんはこんな子熊を一頭、オンコの木で彫った。楕円を描く木目の中心は子熊の尻のほうにあって、そこからなみなみとうねる子熊のまだやわらかい体毛の流れを彫刻で表現しようとする。けれど不自然な彫り痕がでこぼこと残っていて、彫刻刀の動きの未熟さが見えてしまう。ぴょいと飛び出した丸い耳の輪郭はいびつで、深く抉って作られた耳の穴に音を聞き分ける力はなさそうだった。だから人間が近づいても気がつかないのではないか。牛くんの彫刻はへたくそだった。でもだからこそ、ときどきこの辺りに出没する不器用な子熊に似てもいたのだ。へたくそ、というところだけが似ている。子熊はまだ鮭にかぶりついている。うまく食べきれない。裂けた腹から橙色の魚卵がこぼれた。生き物のにおいがぴちっと弾けて立つ。母熊がようやく旋回する鳥から目を離すと、鮭の散らばった川べりに我が子が座っているのに気がついた。全部我が子が獲ったもの、とそう思った母熊は満足して鮭の一匹にかぶりついた。

木彫り職人の見習いは、まずこんな子熊を彫るところから修業をはじめるものだ。北国は厚いマントに包まれている、はじめて見た時、そんなふうに思った彫刻があって、その内側をのぞきたいめくりたいと思っているうち、牛くんは九州の長崎から北海道へやって来てしまっていた。彼はもう四十歳に近いけれど、まだ子熊を彫りつづけている。学生時代は国際政治学を専攻していた。それから陸上自衛隊に入って演習場に穴ばかり掘っていた数年を経て退職し、北海道にやって来ると今の修業生活に入った。牛くんの彫ったへたくそな子熊の横顔は兵隊みたいにきりっと引き締まっている。硬い木材に真一文字に深く彫られた口、形式的に行儀よく揃えられた前足、牛くんはこういう表現をしたいのではなくて、本当はもっとやわらかいものを作りたかった。けれどまだまだ自在に扱えない刃物では硬く冷たい線しか生み出せない。それでも牛くんが毎日作っているてのひらサイズの子熊は温泉街の土産物屋に一個千円で売られている。

「牛くんはたぶん木彫に向いてないよ、まず木の性質を知らなすぎる。オンコの木のこの部分はね、経年で割れてくるからふつうこんな使い方をしないし」

木彫りの子熊を買い求めた誰かの旅の思い出が、数年後にぱっくり割れる。それはお土産としてちょっとさびしいことだ。牛くんは子熊の顔を見た。子熊は口元を引き締めて黙っている。

牛くんは木彫に向いていない、と言ったのはこの温泉街のメインストリートで薬局を営む加代《かよ》子《こ》さんだ。牛くんは加代子さんの家に住込みで働かせてもらっていた。個人で営む薬局にしては大きな建物で、当初加代子さんは住居を兼ねればよいだろうと思っていたが、自分と家族と牛くんが暮らしても広すぎた。それで建物の半分を薬局の店舗兼住居として残しつつ、もう半分を人に貸すことに決めて簡単な改装をした。すぐにしげ爺さんがやってきて住み着いた。ここをアトリエにするつもりらしい。しげ爺さんは鮭を銜えた木彫りの熊を制作する職人だった。灰色の片目は義眼で、戦争でやられたのだと言っていた。若い頃は役者をしていたのだとか、高校で美術を教えていたのだとか、尋ねるたびにこの黄色い肌をした老人の来歴は変わっていくので、誰もしげ爺さんの過去の本当のところは知らなかった。アイヌのひとではないだろう、では本州の和人だろうか、いや満州から引き揚げて来たのではないか、いやいやロシアに住んでいたときいたことがある、とやはり誰にもわからないのだった。

薬局から通りへ出て建物のもう半分をうかがうと、くるくるっと丸まった木くずが床に散らばっていて、ドアの開閉のたび吹き込む風に舞い上がる。木の匂いが立ち、まるでアトリエという空間が大樹であるかのような錯覚に、覗き込む加代子さんは眩暈《めまい》を起こす。自分は今、木の中にいるのではないだろうか。そしてその木は過去から未来へと真っ直ぐに時間を貫いている。根元から枝先へと時間の流れる大樹の洞に加代子さんはしゃがみ込む。しっとりした木肌は温《ぬく》い。過去も未来も現在も一緒くたになって幹の中を流れている。どこか懐かしく安心できる場所だ。記憶も予定も無効になるような感覚は子供時代の休日に似ている。加代子さんはそんなふうにアトリエを見ていた。飛んできた木くずを指先でつまみ上げて嗅ぐ。眩暈のおさまったのを確かめつつゆっくり立ち上がると、清潔な、四角い薬局のほうからキンカンの匂いがした。牛くんが加代子さんのほうをじっと見ている。

「あーはいはい、わかったから。いってらっしゃい」

結局、加代子さんはいつも牛くんに根負けしてあげる。すると牛くんはさっそく薬局の店番をほうり出してしげ爺さんのアトリエの奥に道具を取りに行く。きっと牛くんもあの大樹の洞が好きなのだろう。つまみ上げた木くずを通りに落とすと、おもてうらと返りながら光を跳ね返す。加代子さんは空を見上げた。旋回する大きな鳥に見とれていると、すぐ目の前を、背中に夕焼けの色を映した甲虫《こうちゅう》が横切っていった。

アトリエの奥ではしげ爺さんが木彫りの熊に鋭い眼光を与えようとして、木の性質と光の反射と、それから彫刻刀を入れる角度や彫りの深浅、ひとつひとつの表現のために顔を真っ赤にして、額に汗をにじませていた。

　牛くんがいるおかげで、アトリエはいつしか民芸品店のようになった。商品台がいくつか置かれ、そこに小さな木彫りの動物たちが並んでいる。それを手にとって温泉宿泊客は喜ぶが、しげ爺さんは奥に引っ込んだまま、客の前に現れることはなかったし、牛くんも店員らしい愛嬌をふりまくこともしない。薬局の店番をしていない時はたいてい商品台の近くで子熊を彫っている。よく売れるのはアイヌの伝統的な文様を彫りつけたペーパーナイフや栞といった小物だった。旅行客に訊かれれば「これはアイヌの天空の神だよ」としたり顔で説明するけれど、牛くんは九州から流れてきた人だったのでアイヌではなかった。毎日大樹の洞になずんでいるうちに、いつしか九州の言葉が抜け落ちてしまった。黙々と木を彫る横顔には、ずっと昔から北海道で暮らしてきた人の厳《おごそ》かさが宿り、黄色く日に焼けた人懐こさもある。夕暮れの陰影は人を彫刻のように見せた。

　沈む夕陽を見送るのに、牛くんは彫刻刀と子熊を置いた。こわばった右手を、左手でほぐすように撫でてから両方のてのひらを合わせる。それから今日誕生したへたくそな子熊を商品台の上にとんと置き直すと、長い影の上に座っているように見えた。沈みかけた太陽めがけて嘴《くちばし》から突っ込んだからすが赤く燃えていくようだった。それで牛くんは、からすと不死鳥は似ているのだと思った。

＊

藪の中で何かが動いていた。正体はわからない、けれど動物がいる。そこから目を離さないようにして後ずさると、フイは玄関口に立てかけておいた竹箒に手を伸ばした。開けっぱなしにしていた引き戸を用心のために閉めた時、木製の四角い箱を叩く夫がちらりと見えた。テレビの調子が悪いらしい。映る像に色がつくようになったとか噂にきいたことはあるけれど、この家のテレビはまだ白黒の画面を嵐のように乱していた。

竹箒なんかよりもっと良い武器だってあるはずなのに、とっさに手にしてしまうのは扱い慣れたこんな物になってしまう。それは情けないような、頼もしいような母親の姿だった。あきおが怖がるといけないから、なんとしてでも追い払わなければならない。藪を睨みつける。フイは自分のことをトナカイだと思っていた。だから捕食される側の草食動物らしく身を翻して、跳ぶように逃げてしまうのが本当は一番いいのかもしれなかった。

最近この辺りには羆《ひぐま》が出る。それも一度や二度ではなく、もう連日、近所の飼い犬がやられて腹の裂かれた残骸が村道にみつかったのを皮切りに、肋骨の下から尻にかけてぽっかり無くなった牛三頭、荒らされたとうきび畑、入口の壊された納屋、斜面の泥に滑ったような動物の大きな足跡が深々と残されているのがみつかった。話をきくたび、フイはやわらかい腹に大きな爪を立てられるような痛みを覚える。圧迫されてどろりと内臓がこぼれそうだ。襲われた動物の多くがそんなふうに死んだ。ある夜明け前に、喉が渇いたフイは庭に溜めてある水を汲みにいくのに起き出した。隣家の庭の柵になにか黒い物が引っかかっていて、それはひどくにぶく、ゆっくりと動いていた。前へ前へと波打つような動きかただ。一瞬丸まるようにしてごろんと柵からはずれると、すばやく走り出した。羆だ、と思ったとたんに獣のにおいがきた。襲われるかもしれないという恐怖がふるえる足元から腹に伝わった。夜よりも深い色をした毛皮を波打たせながら、羆は庭に出してあった漬物樽に覆いかぶさるように前足でしがみつくと、塩辛い漬物をくちゃくちゃと食べた。かすかな星明りがちらちらとフイの頭上に瞬いて、逃げなければと思いはするものの、体は動かなかった。食い飽きてしまうと、羆はフイに気がつきもしないでまた引っかかるようにして柵を乗り越え森の中へ消えていった。

竹箒を構えて藪を睨みながら、フイは少しずつ人間の生活に近づいてくる動物のことを考えた。山にある食料よりも人間の食料のほうがおいしい、なまの山菜よりも漬物、漬物よりも天ぷら。羆が人間に似てくる、なんてことがあるだろうか。あれは敵だろうか。畑の作り方を教えてやったら勝手にとうきびくらい栽培してくれないだろうか。それから家畜の飼い方や絞め方を覚えやしないだろうか。

遠くを走り抜けていく汽車が逆光のために真っ黒にみえる。汽車は落ちる夕陽に突っ込むように走った。煤けた窓の連なりは陽に温まろうとする蛇の鱗みたいだ。車両のひとつひとつが子供の頃のフイには生き物のように思われた。それをきいた父親が笑いながら「小さい箱だよ」と、教えた。この父は国鉄の職員でフイにとっては実の親ではなかったがとてもやさしかった。海の向こうの、今ではもうこの国ではなくなった島で、父は石炭を燃やして走る汽車の整備をしていた。小さい箱は連結金具で繋がっているだけで、向こうの坂を登り切れば風に煽られて、そのまま倒れてしまいそうだった。がんばれ、がんばれ。子供だったフイは無邪気に手を振っていた。

その小箱が本当は大きくて、大きいはずなのに全然足りないということに気がついたのは生まれ育った樺太の敷香《しすか》を離れた日のことだった。その日、汽車の小箱には人が物のように詰め込まれた。それもフイみたいな子供ばかりではなくて、大人だって何人も詰め込まれたのだから狭くて仕方ない。中には急ごしらえの棚が上下二段にあって、その下のほうへ小さく足を折りたたんで座ったフイの膝の上にはすでに遺骨となった父親がいる。骨箱の中で時々カタカタと鳴った。骨が飛んでいる、とフイは思った。骨上げをした時、蝶のかたちをした骨がひとかけらあって、たぶんあれが飛んでいる。暑かった。座席はもう意味をなさなくなっていて、みんな板張りの箱の底に新聞紙を敷いて灰色になって俯《うつむ》き、赤茶けた線路に響く音の振動を尻できいていた。うずくまる人はみんな同じ形、同じ色にみえた。ガタン、と大きくゆれて思わず跳びあがりそうになった一瞬、目玉だけがぎらっと光った。彫刻のようにじっと動かない。この狭い箱の中でフイは自分がどこに行くのか知らなかった。日本はもう危ないかもしれない、と小さな声で大人たちが囁き始めてから数週間後の逃亡だった。熱田島がやられたらしい、千島のほうでも撤退引揚げが始まったらしい、と大人たちの声が念珠のようにつらなった。

「前の連中はボカチンくらって沈んだ、次もどうなるかわからん」男が言うのをフイはきいた。

出発の日に敷香で着せられたきれいな着物は祖母が縫ってくれたものだったが、数日着ていただけで黒ずんだ。目玉だけをぎらぎら光らせた人群れの中で、フイはだれかに足を踏まれたが、その踏み痕が白い足袋にくっきり残っていたのも束の間、すぐに全体が汚れて茶色だか灰色だかわからない色にまぎれた。汚れた足袋の中で足の指をごにょごにょと動かしながらフイは一緒に連れてくることのできなかった犬のことを考えた。薄汚れた自分がちょうど犬の毛と同じ色になっていたのが妙にうれしくて、それで尾でも振るようにせわしく首をふり、あちこち見回していると祖母に叱られた。敷香の犬は茶色だか灰色だかよくわからない体毛をふさふさと風に靡《なび》かせて最後の日の朝いつまでも吠えていた。せめて鎖だけは解いてやってあとは好きにしたらいいと祖母は言った。母はなにも言わなかった。犬を抱き上げたフイを祖母はぴしゃりと叱りつけ、代わりにフイは父親の骨箱を抱かされた。

自分の名前によるべなさを感じていた。彼女はフイと呼ばれる前にはナプカという名前で呼ばれていて、その頃から自分のことをトナカイだと思っていた。カーガルダの音を鳴らしながらツンドラを駆けるトナカイになって、いなくなってしまった産みの親を探したかった。産みの親はいつも音の鳴るほうへ頭を傾け、音の中にだけ暮らしていた。盲だったのだ。その姿は赤ん坊だったナプカの真似のようにも、赤ん坊が産みの親の真似をしていたようにも思われるが、今となってはもうわからなかった。

乾いた風を切るカーガルダの音が聞こえてくる方角に、赤ん坊は大きな頭を傾ける。その方角には遊牧のトナカイが駆けている。生まれたばかりなのにいい勘を持っているな、と一生のあいだトナカイを追って暮らすことになる一族の子供に大人たちの声が降った。カーガルダはトナカイの首につける鳴子のついた板だ。トナカイが走ればツンドラ地帯に乾いた音がして、その方角がわかる。タライカ湖に渡ってきた白鳥の群れが、カーガルダの高い音に慌てて散った。羽音が立つ。誰かがポンポン船を整備する音もする。音のするほうへと赤ん坊は頭を傾けて手を伸ばした。その母親オーリもまた、赤ん坊と同じく音のほうへ頭を傾けていた。それが盲人のオーリにとって風景に触れることだった。風景の形はたえず打ち寄せる音の波だった。ナプカと呼べば娘は音の波となる。そうしてオーリの風景はほんの少しだけ変わる。赤ん坊は母の顔をみた。そうしてぬくもりを求めて、音のするほうへと手を伸ばす。子を抱く母と抱かれる子はよく似ていた。頭を傾けるしぐさまで似ていた。そっくりなふたりをいつも見ているのはアザラシと、ポンポン船の整備をする男の丸い目ばかりだった。アザラシと目が合うたび、男は猟を覚えようとしていた子供の頃の出来事を思い出す。白い波の上を丸木舟で滑って流氷の上のアザラシを狙うのだ。それも眉間を一撃で仕留めなければならない。そうでないと皮が使い物にならなくなるぞ、と隣であれこれ教えた父親が沈黙した瞬間、どんと鈍い音の波が子供の手元から起こった。撃った。撃ってしまったと子供は音の波を一身に受けとめた。流氷の上のアザラシは丸い目を見開いてきょとんとしていつまでも居る。逃げも隠れもしないできょとん、と氷の上に一頭でいて前足を不器用に動かすと少しだけ滑った。仕留め損じたと知れた時、子供は照れくさそうに言う。「目をつぶって撃ったんだよ」彼はそれきり猟をやらなかった。

オーリはいずれこの土地を去らなければならないことを知っていた。製材所や木工場、それから缶詰工場や製紙工場まで次々建っていって、ツンドラを渡る音の波が荒れ始めていた。その荒波を躱《かわ》すように高く跳びながらトナカイが駆けるたびカーガルダは鳴る。オーリと同じようにナプカも盲ではないか、と懸念された時期もあったが、どうやらナプカにはちゃんと見えているらしかった。ある日ナプカはツンドラの苔に沈み込むように深々とついたトナカイの足跡をじっと見ていた。蝶が二匹三匹と集ってはは足跡の大きさを測るように何度か着地と飛翔を繰り返し、それから苔の上にとまった。今にも縺れそうな細い脚をしていた。

やがて自分ひとりで歩けるようになると、ナプカはツンドラに沈み込んでつく自分の足跡を面白がった。母より自由に歩き回れることを知ると音の波でできていた世界に色がついた。夏のあいだにだけまばらに生じる灌木をゆらす風は黄色だった。だからその風を切って鳴るカーガルダの音色も黄色だった。その黄色が最も濃くなるのは夕暮れ時で、徐々に低くなっていく陽が惜しげもなく世界を黄色く塗っている。

「お母さん、どうして夕焼けは黄色いんだろう」

娘に手を引かれながら歩いていって、オーリは丸木舟に乗せられた。この日いつもはポンポン船を整備している男が櫂《かい》を操って丸木舟を漕ぐことになっていた。舟の操縦は得意だった。誰よりもうまくやる。目の見えないオーリだけでも早く親族が集っているオタスへ渡らせる必要があった。その地にはすでに何世帯かの同族が移住していて、住みよい所だと言っていた。働かなければならなかったが、働けば働いた分だけ稼いで蓄えることもできる。必要なものに不自由しない生活があると主張する親族のひとりは、なによりも文字を学ぶことができるぞと付け加えた。オーリは日本人《シシャ》が作ったオタスという場所を信じることができなかった。ナプカが夕焼けの色は黄色だと言ったことを考えていた。

「きいろって、それはいったいどういうものなの？」

「きつねの毛並みたいな感じ、あったかい」

それでオーリに黄色はわかる。触覚もオーリの風景だ。きつねの毛皮で作った手袋をして、そのてのひらに顔をうずめる。やがて自分の体を流れる血の音と毛皮の感触が混ざり合って「きいろ」は生きた動物になった。その動物は丸い足跡を残してツンドラを駆け、消える。白鳥の啼くのがきこえ、それにまぎれたカーガルダの音もわかる。オーリを乗せた丸木舟が岸を離れた。

それきりオーリがどこへ行ってしまったのか誰にもわからなかった。丸木舟の男は間違いなくオタスへ送り届けたと言うけれどオーリの姿はどこにもなかった。やがて父親が戦争に行ってひとりきりになったナプカは黄色い風の中で指を銜え高い音を鳴らしながら走ると、自分は一頭のトナカイであるような気になった。これならきっとオーリがみつけてくれるだろう。カーガルダの音をききつけて、必ずみつけてくれるだろう。


汽車が急停車して、箱と箱を連結させている重い金属が軋んだ音がしばらく鳴った。何が起きたのか、箱の底ではだれにもわからなかったし、足の踏み場もないほどだったので立ち上がることもままならなかった。ソ連兵によってついに鉄道が爆破されたのだと言い出した者があった。連結した箱を引っ張る先頭の動力機関がまもなく爆発する、そうしたらみんなただじゃ済まないぞ。フイは汚れた手で目をこすった。

トナカイだ。

ぎらぎら光る目玉が動いて窓の外を見ようとする。先頭に近い箱の細い窓から身をくねらせ辛うじて脱出した男が線路沿いに走りながら「トナカイだ」と、箱から箱へと触れ回っている。フイもまた身をくねらせて、車窓から外をうかがうと、大きいのと小さいの、二頭のトナカイが線路沿いを跳ね回っていて、どうやらあの二頭が汽車の進路を塞いでいたのだろうと思った。

「あ、跳ぶ」

窓にぴったり手形をつけたフイがつぶやいたのと同時に、大きい方のトナカイが後足に力を込めて汽車に向かって跳びあがった。

「ずいぶん高く跳べるもんだね」

祖母が感嘆した。トナカイは汽車の小箱を軽々と跳び越えて線路を渡ってしまうと、向こう側の湿地を目指して走っていく。そしてあっという間に姿を隠した。大人たちは安堵の溜息をつく。樺太から北海道へ渡ろうとしている自分たちの脱出がうまくいくことを祈っていた。そうしてひとまずのところ不安がひとつ消えたのを知る。ソ連軍に鉄道が爆破されたわけではなく、赤茶けた線路はこのまま大泊《おおどまり》までつづいている。風が音を立てて過ぎた。汽車が急に動き出したので、フイは小箱の底にとんと尻をついた。それをみた誰かが「あの子は生まれたばっかりの子鹿みたいだね」と笑う。そういえば鹿とトナカイは似ているなとフイは思った。汽車の通り過ぎていった線路を、取り残されていた小さい方のトナカイもおずおずと渡り、湿地のほうへ逃れて行った。湿地を覆う動きのない水面は曇天を取り込んで灰色にゆれていた。動物たちはその水を飲むのだろう。

フイの喉はからからだった。それで、こんなふうに小箱に閉じ込められる以前の日々に、鏡みたいな川面に顔を近づけてじかに水を飲んだことを懐かしんだ。顔を上げて対岸を見やると大きな鹿が一頭いて、川の水を飲んでいた。鹿は背の高い草を踏み分けて川までの道をやってきたのだった。口をつけた水面に楕円の波紋が広がった。フイは藪に身を潜めて対岸の鹿が水を飲むのを見守った。川の流れさえほとんど止まったように感じられた。少しも音を立てない動物の前で、フイは自分の息の音ばかり大きくなっていくのを気にした。息を吸いこんで胸がふくらむたび、水面もふくれてしまうような、それが気配というものだった。水を飲んでいた大きな鹿が顔を上げる。藪の中にいるフイに気がついたのだ。鹿は大きな目に少女の姿を映したまま、少しも動かなかった。

小箱の汽車の中でフイは目をこすった。そのせいで汚れてしまう顔を気にする者はなかった。フイ自身も、自分がどんな顔をしているのかわからなかった。空気がよどんで景色が濁っていた。やがて何も見えなくなって、つまりフイは眠ってしまったのだったが、その夢の中にかつて藪に身を潜めて見た鹿が現れた。水を飲んでいた。フイも水面にそうっと顔を近づけて、からからの喉をうるおした。再び急停車した汽車の振動に一度目を覚ましても、まだ鹿の気配は残っていた。目をこすっても濁ったような眠気はとれない。骨箱の中でカタカタと音がした。フイ自身に知るすべはなかったが、意識の輪郭が眠気にゆらいだ一瞬、まるで鹿が乗り移ったかのように、彼女の寝顔は鹿に似ていた。

フイとその母親、そして祖母は大泊港駅に辿りついた。フイはもらわれっ子で、三人は血のつながりのある家族ではなかったけれど、無事にここまで逃げ延びたことを一緒になって喜んだ。誰も振り返らなかったが、その頃には敷香は燃えていたし、真岡《まおか》も戦場になっていた。ここから船に乗って稚内まで逃れるつもりだった。そして実際、彼女らの逃亡は成功した。フイの一家が乗った引揚げ船はボカチンにやられる（船籍不明の潜水艦に魚雷で沈められることをこう言った）こともなく稚内港に辿りつき、それから血縁伝いに道東まで戻ると、そこで新しい生活をはじめ、そうして成長したフイはあきおのために羆と戦おうとしている。

大人になった自分は強いに違いないのだから、と己を奮い立たせて竹箒を振り上げて構え、気を張り詰めていたにもかかわらず遠くを行き過ぎる汽車に気を取られてしまった。それでうっかり子供の頃のことなんかを思い出してしまった。

戦後、急速に復興を遂げた市街地はあっという間に焼野原ではなくなった。現在のフイが暮らすこの川沿いの集落は空襲に遭うこともなかったから焼野原になったことなどなく、流れる川には毎年秋になると鮭がのぼってきた。新聞やラジオが騒ぐほど世の中の流れに浮き沈みしているふうもなかった。ただある時炭鉱の労働に従事する男たちがどっと押し寄せて辺りを賑わし、ラジオの音より大きな声でしゃべり散らした。そのうちフイはそんな男たちのひとりと結婚してあきおを産んだが、今ではそのあきおももう五歳になっていた。犬でもなく親の遺骨でもなく、男の子供を抱いてあやして人生は少しずつ過ぎていった。あきおはなかなか覚めない昼寝の真っただ中だ。そろそろ起こさないと明日の朝まで眠り呆けるにちがいない。大人になったら船乗りになりたい、といつだかそう言った子供は沈められるか渡り切るかという駆け引きの波間を北海道へ渡ってきた親と、そのまた親の苦労を知らない。あんな話は自分の代で終わりにしたいとフイは思っていた。実際フイが自分の子供時代をあきおに語って聞かせたことはない。自分をトナカイだと思ってしなやかな体を波打たせながら、細くて長い足で跳ぶように走り、カーガルダの音を高く鳴らすことばかり考えていた。かつて敷香から逃げてきた子供には前歯が無くて、にっこりと笑うたびそこから口腔に暗い穴がみえた。結局「俺はどこにも行かん」と言い張って茶色だか灰色だかの犬と走って消えた兄は戦後家族から遅れて戻ってきたのだった。

フイは竹箒を握り直し、藪のほうへおそるおそる足を踏み出した。藪は小刻みにふるえている。やはり何かいるのだ。戦争に振り回されていた子供の頃、敷香からの汽車の中で、また大泊港駅で、引揚げ船の中で、フイはいくらでも怖い思いをしたはずだった。けれども思い出す怖さより、藪の向こうのほうが怖い。恐怖が、尻もちをついたみたいにどんと居座っている。それでも、あきおのために戦わなければならない。トナカイだって角を振り上げて戦うのだ、とフイは勇ましい動物の表情を思い出そうとするが、何度も思い浮かぶトナカイたちは、みんな跳ねるように逃げてばかりいた。

踏み出した足が固い地面を見失って一瞬宙をさまよった。

「またあきおが悪さした！」

思わず叫んで、フイは我が子の掘った浅い落とし穴にはまった。何事かと思った顔がいくつも、フイの家の庭をのぞき、穴のふちを鶏がわざとらしく、小さな歩幅で歩いている。

あきおが落とし穴を掘ったのはフイがそれにはまった前日の昼前だった。まだ学校に行っていなかったあきおにはたくさんの時間があって、父さんにもらった記念切手をはみ出さないように丁寧にコレクション帳に並べ終えてしまえばもうやることもない。母フイは忙しく立ち働いていたけれど手伝えとも言われなかったし、父さんは炭鉱に行っていた。赤とんぼが夏の終わりを引きながら飛び、夏のあいだじゅう、夜半過ぎまで川べりのほうからきこえていた蛙の鳴き声も日ごとに少なくなった。早い夕暮れは外で遊べる時間を短くしてしまうけれど、それでもあきおにはまだまだ時間は余っていた。庭に出しっぱなしの青いバケツのふちにヤゴがつかまっている。ヤゴはまったく動かないで、硬い体を秋の陽にさらしながら、底の濁った溜り水に細長い影を落としていた。

家屋の中は昼間でも薄暗かったのであきおは庭の隅にしゃがみこんで、切手のコレクション帳を眺めていた。時々、指先で角の折れた切手を撫でて伸ばす。その白い指をみるたび、あきおは自分がこの家の子供ではないような気がしてくる。誰にも似ていないのだ。これは不安だった。芋虫みたいなやわらかな指はきっと炭鉱の仕事には向いていない。母親を手伝おうとすれば「男が家事をするもんじゃない」とぴしゃりと言われる。ただ切手のコレクションを並べたり撫でたり、そうだ虫取りだ、と思って網を取りに立ち上がって納屋まで行っても、そこに立てかけておいた虫取り網は破れていた。この夏、川にみたことのないでっかい魚がいるぞという騒ぎが子供らのあいだにあって、それであきおの一番大きな虫取り網がいやおうなしに川へ投げ込まれたのだった。流れの底が灰色の、浅い川だった。引き上げられた網の中には角のとれた小石が入っているばかりで、魚なんか一匹も獲れない。何度か繰り返すうちに飽きていった子供らがひとりふたりと、まるで気だるい昼間に破れ目を作り出して逃げていくように帰って行った。結局残されたあきおはこれが最後と沈めていた虫取り網が水中に靡くのをじっと眺めた。魚影がひとつ、網の破れ穴をくぐっていった。

穴のあいたその虫取り網が今はすっかり乾いて納屋に立てかけられているのだが、あきおは破れ穴を繕うすべを知らない。捕まえたい虫もいないし、と自分に嘘をついて納屋に背を向けた。切手のコレクション帳を小脇に抱え直してまた庭の隅にしゃがみ込んでじっと動かない。だれにも似ていない自分の白い指をみながら、どうして自分はこんなにも弱いのだろう、どうして自分の大事な虫取り網をやすやすと取られ、ついであっけなく捨てられてしまうのだろうと考えた。この時の子供はまだ、何かに取り組む時間というものがその人の姿形をつくっていくということを知らず、彼はやがて父親でも母親でもないものになっていくことを予感さえしていない。

「散兵壕っちゅーのがあってな」

と、何か作業のついでに近くを通りかかった茂おじさんがあきおの姿を見つけて言った。昼間から飲むつもりなのか、焼酎を抱えている。茂おじさんはフイの兄、つまりあきおの伯父にあたる人で、戦後しばらく経って樺太から戻ってきた。あきおの父親より十ほど年配で先の戦争にも行っていたと言うがあきおにはよくわからなかった。片方の目玉が義眼であることを自慢げに話しながら、だれかれ構わずに戦争の話を蒸し返すのを大人たちは苦々しく思っていた。けれどあきおは茂おじさんの日に焼けた太い腕が穴を掘る真似事をするのを見ているのが好きだった。そのたびに茂おじさんは「散兵壕っちゅーのがあってな」と語り始めるのだ。塹壕戦とも呼ばれるこの戦術は蛸壺のような穴の中に潜んだ兵士が進撃してくる敵に攻撃を加えるという防御戦術だった。茂おじさんによると歩兵の仕事の大半は穴を掘ることだったらしい。「まぁ、今じゃ炭鉱で穴掘ってるけどな」と笑いながらどこかへ歩いていくのをあきおは何も言わないで見送った。

茂おじさんの姿が見えなくなると、あきおはもう一度小走りに納屋へ行き、今度は剣先スコップを引きずるようにして戻ってきた。切手のコレクション帳は開けっ放しの引き戸から家屋の中へそっとほうった。

あきおは自分も蛸壺を掘ってみようと思ったのだ。重たいスコップを何度も何度も地面に突き立て、草の根を断ち、土を掘った。スコップを突き立てた午前中の薄い影は穴を掘り進めていくと少しずつ短くはなったが濃くなっていき、黒々とひとつ穴があく頃には風に翻る洗濯物の影までもがくっきりとして見える真昼だった。三十センチほどの深さをした土がぽろぽろこぼれる穴は、あきおが身を伏せればなんとか隠れることのできそうな蛸壺だった。あきおは満足だった。そうして試しに穴に隠れてみるのだったが、しっとりとした土の冷たさにはっとした。赤い土に膝を折り曲げるようにして埋められた人を見たのはもっと幼い頃のことだったが、あのまだ髪のまばらに残った頭蓋骨のうつろな眼窩だけは忘れることができなかった。あきおはフイに背負われて半分眠っていた。隣町まで買い物に出かけたその帰り道に人だかりができていて、近づいてみると穴の中に遺体があった。空き地から見つかったこの不審死は空襲だとか何か戦中のどさくさにまぎれたものだったらしい。誰にも見つからずにいて、戦後流れてきた人がそこに家を建てるのに基礎部分の穴を掘り始めた途端に出てきた。あきおは大急ぎで穴から這い出すと、軒先に干してあった麻袋をみつけてきて裂き、広げて穴の口を覆ってしまった。麻袋の端を川の丸石で抑えて、上から土をかぶせた。

こうして戦争の話から落とし穴がひとつできた。スコップの木製の柄には汗と泥がしみ込んで小さな子供の手形がついていた。もみじみたいな小さな手をぱしぱしと打って泥を落としひと仕事終えると、フイが薄暗い家屋の中から昼ご飯だよ、とあきおを呼んだ。

＊

これじゃあまるで狩られる獲物だ。落とし穴の底にぴったり尻をつけて、フイは自分の不甲斐なさにしょんぼりした。土くれが穴の底にぽろぽろ崩れる。唇を噛むと土の苦い味がした。藪のほうにはまだ何者かの気配がある。あきおを守るために戦わなければならない。と、フイは竹箒の柄を土に突き刺し立ち上がろうとする。足首が痛かった。それで立ち上がれず、再び底に尻をついた。穴のふちをわざとらしく悠長に歩く鶏と同じ目の高さになって悔しかった。

あきおが掘った穴はフイが落ちたその日のうちに埋め戻されたが、一度掘り返された場所は、そこだけ地面の色が違っていた。通りかかるたびに「ここだったな」とすぐにわかった。

「昔ね、占い師に言われたことがあるの」

しわがれた声で年寄りが言った。「この家には鹿が紛れ込んでいるよって」

通夜の席にありがちな、ぎこちない距離感を保ったまま、あきおはどういう血筋で繋がっているのかよくわからない老婆の声に聞き耳を立てていた。「鹿だって？」と若い女たちが呆れ半分笑いながら相槌を打つ。「角の生えた子供が生まれたら殺してしまいなさいとか、生贄《いけにえ》にしなさいとか、昔そんなシナリオのゲームがあったよね？」

あきおは自分の禿げ頭に手をやった。角は生えていない。茂おじさんの息子だという人の通夜で、あきおは故人と面識はなかったが妻とともに参列した。娘の杏子《きょうこ》も来ることになっていたが、誰ひとり故人に会ったことがない。あきおはこの訃報まで、茂おじさんに子供がいたということさえ知らなかった。茂おじさんが今どこにいるのかは誰にもわからず、この息子の死は親に知らされないことになりそうだった。新聞に載せれば茂おじさんが訪ねてくるかもしれない。頼みの綱はそれだけだった。だが結局のところ、生きていれば相当の高齢であるはずの茂おじさんはやって来なかった。

「鹿の子供は親不孝だよ」と鹿の話を始めた年寄りが言うとその話題は終いになったが、周りの女たちはもとより、当の年寄りにさえこの話が何を言おうとしていたものだったか、すっかり見失われていた。線香の煙が斎場の輪郭をあやふやにするように広がって、ＬＥＤに照らされた黒地に白の家名までのみこむ。

無理に引き伸ばされた遺影の表情が歪んでいる。あきおはその顔に鹿に似たところがないか探した。あるはずなんかないのに、この一族のどこかに鹿の血が紛れ込んでしまっているような気になった。そうしてそれが自分の母親かもしれないと思って、あきおはもう一度頭に手をやった。焼香をする。かすれた声で「なまんだ〜なまんだ〜ぶつ」と唱えながら、手を合わせる。娘の杏子がポーリュシカ・ポーレを鼻歌にやって来た不謹慎を、迷信深いあきおは詰《なじ》った。杏子にはタブーを軽々と跳び越えてしまうところがあって落ち着かない。耳たぶに大きな真珠が光っていた。

あきおの口から出てくる言葉は、時に日本語と思われない方向に伸び縮みした。滑舌が悪い。空気の漏れる音がする。それは単に長年たばこを吸い続けたためにかすれたというのではない。あきおには歯がなかった。数年前の口腔癌の手術でほとんど全部とられてしまったのだ。だからあきおが口をひらくと、そこは暗い穴だった。七十歳近くなったあきおは「はいはいはい」と妻が止めるまで、空気を漏らしながら娘に小言を言った。その時、あきおはふと母さんはなんで死んだのだったかと胸のうちに問い、はっきりとは思い出せないでいるうちに冷たい汗が流れてきた。太った鳥が地面を執拗につついている光景ばかりが浮かんでくる。

ああ、またなんか怒られていると思いながらも親の感情に無関心な杏子は、父親の顔をやわかい桃の皮をするすると剝いていくように眺めた。桃ほどみずみずしくはないか。梨とか？　梨なら二十世紀だろうと父親はよく言っていた。干し柿？　そこまで萎びてない？　と杏子が心の中であれこれと変身させつづけている父親の顔は実際土の色をしていた。杏子はこんなふうに思っていた。戦争を知らないこの老人は努力すればするだけきちんと報われていった時代に結婚だとか子供だとか、家、土地、貯金さまざまに蓄えどんどん大きく膨らんでついには糖尿病になったのだ。退職してからここ数年のうちに、昔テレビで放送された水戸黄門の録画しかみなくなって「最近の若いやつが作るテレビ番組はクソも面白くない」と言ったり、母が好んで観るテレビの野球中継で地元球団がミスをするたび「だからあの監督はダメなんだ、首にしちまえ」などと暴言を吐く。体ばかり大きい子供のような振る舞いが目立ち始めていた。まだまだ現役でいっちょ前に自動車のハンドルを握りアクセルを踏む。みるみる縮まっていく前方車両との車間距離に思わず目を瞑りたくなる助手席を気にもかけないでチッ、と舌打ちをする。車のキーをよく失くすので「お父さん、物忘れもするようになってきたし、もうそろそろ車の免許は……」と相談しても何も言わず、出かけるということになれば誰よりも先に車のキーを見つけて持ち出し、運転席に座るのだった。

杏子はそんな父あきおと自分は全く似ていないと思っていた。車の運転について言えば杏子は大嫌いであり、地元がもっとまともに公共交通機関の発達した土地なら良かったのにと思う。とにかく広い土地なのにバス停はまばらにしかなく、時刻表の数字もまばらだった。通勤通学の時間帯は黒々と数字が密集しているのに、それ以外の時間は空白ばかり。赤い車体のバスは真昼のターミナルで眠っている。高校生の頃はよくバスに乗りそびれていた。ぎりぎりかと思いながらバス停まで走って間に合うか間に合わないかと荒い息の吸うと吐くのあいだの一瞬に、左右ににぶく車体を振ってバスは行ってしまう。捕まらないバスは杏子に縁日の金魚掬いを思い出させた。破れたポイの穴を小赤がくぐり抜けて逃げていく。橙色の裸電球に照らされた生け簀に小赤は金色に流れる曲線を描いた。その曲線に似た一筆書きのように、杏子を置いて行ったバスは町の狭い道路を蛇行しながら走っていく。

町の中心部にある駅舎は茶色い四角形をしていて、子供の頃からティラミスの駅と呼んでいた。市バスの拠点もここにあって、夕暮れ時にそのあたりを通りかかるとバスターミナルには数台のバスが止まっている。縁石に腰かけた運転手のたばこを吸う影がひび割れた地面に落ちていた。割れ目から猫じゃらしみたいな植物が伸びている。その穂がなびくたびに影はゆれ、運転手の影をくすぐるみたいに撫でる。夕方五時の最終便はもうまもなく発車するだろう。そんな風景を横目に、杏子は自分の車のハンドルを切った。

左折と右折を繰り返して、杏子は葬儀会社の会館に辿りついた。駐車場にはすでに父親のホンダが停まっていた。みかけによらずかわいい車に乗る父とはやっぱり似ていない、と杏子はランクルの高い運転席から飛び降りると、灯り始めたばかりの街灯が点々と白く映る運転席のドアを閉めた。運転が嫌いだからこその重装備なのだ、と大きな車を見る。はじめてこの車で出勤した時の周囲の反応が面白かった。本当は臆病で、怖がりで、それを克服するための重装備を見て、周囲は杏子のことを強い女だと思ったにちがいない。それでよかった。「タイヤの大きさも二倍、ガソリン代も車検も二倍」と誰かが言った。それでよかった。そうでないと杏子は車に乗らなくなるのかもしれず、わざわざティラミスの駅前で接続の悪い乗り継ぎバスを捕まえてそれにしがみつく、不便な生活をしてしまうのかもしれなかった。

会館の中には顔の知らない親戚がたくさんいた。前を通るときに軽く会釈をして目は合わせない。みんな兵馬俑《へいばよう》みたいなものなのだ、と杏子は思った。あの秦の始皇帝の墓所を守っているという彫像たち。親戚たちは同じように決められた間隔で祭壇の前に並んでいるから、それぞれの故人との近しさや縁遠さが全然わからない。故人の子供たちは来ているのだろうか、それに孫はいるのだろうか。杏子は故人とは面識がなかったどころか、親から親戚だと聞かされていた茂という人のことも知らなかった。父だけが「茂おじさん、茂おじさん」と親しげにその名を呼ぶ。知らない尽くしの通夜に自分はどうして来たのだろう。故人の父親であるらしい茂という人は、祖母の兄らしい。つくづくこの人たちに縁のない杏子は、祖母の顔もまた遺影でしか知らなかった。けれども、祖母だけは他人だとは思えなかった。これもまた不思議であったが、血縁だからと済ませてしまえばそれまでのことかもしれない。

祖母と孫娘は同じ顔をしているのだ。初めてそうと知った時、杏子は背中に、何かがひたひたと触れてくる気配を感じた。その気配は杏子の輪郭をなぞるように動いた。肉体の形を強く意識する。実家の仏間で焼香して先祖の遺影を見上げた時だった。香炉の線香が白く燃え尽きると、気配は消えた。若くして死んだ祖母の享年に杏子はもうまもなく追いつく。

祭壇の前に立ってお線香を手に取りふたつに折ってから火をつけ、香炉に寝かせて置く。自分の家の流儀でやってしまって、けれどその流儀がこの通夜の場で正しいのかどうかわからない。故人の写真と似た顔をきょろきょろと探してみるけれど見つからなかった。

いかにも急ごしらえで作り物めいた通夜だった。誰も故人のことをよく知らないのか、集まってはみたものの、参列者たちの関係性が驚くほど薄く、近親者の集まりに特有の感情の轍のようなものが見えなかった。茂のことは、あきおを含めて数人が懐かしく思い返していたが、その話題がすぐに尽きてしまうのは今現在、茂がどこで何をしているのか誰にもわからないからだった。人懐こい女たちだけがすぐに打ち解けて、こまごまとした日常の出来事やそれに絡みつく愚痴をこぼし合っていた。僧侶が入って来て読経が始まると、黒い服を着た者たちの頭が一様にゆれはじめて、そのゆれかた自体が催眠術めいていたから、葬儀社の者まであくびを呑み込まなければならなかった。血縁というものは濃いようでいても本当はとても薄いものなのかもしれない、と考えさせられる通夜だったが、たとえ血は薄くとも退屈な空間に満ちる眠気は共有されるらしかった。

読経が終わると雨の音がきこえた。うねうねと言葉の這う読経とは違って、雨は寄り道をすることなく地面に向かい会館の屋根や窓をすべり落ちる。秋にしては気温の高い夜で、これから外は濃い霧に包まれていく。深い霧は砂のようだ。暗い夜が厚く覆われて視界が悪くなる。駐車場の車たちが砂嵐の砂漠に繋がれたらくだのように、おとなしく待っているのを思って杏子は早く帰りたくなった。あくびを呑み込んだ者たちが両腕を伸ばして体をねじりながら、ぞろぞろ宴席へ移動していく。宴席は会館の二階に設けられていて、葬儀会社のスタッフが祭壇付近に集まり、故人の棺と遺影を専用のエレベーターに乗せて上へ運ぶようだった。よく見ると棺はレールの上にのせられていて真っ直ぐエレベーターに吸い込まれていくようになっていた。元気な者は階段で、膝だの腰だのが悪い年寄りは遺体とは別のエレベーターで二階へ上がった。杏子も一応、両親に声をかけてから帰ろうと思って茶色の壁を爪の先で引っ搔きながら階段をのぼった。

「今日は泊まり？」

杏子が両親に訊くと、二人は首を横に振って「いや、帰るよこれ終わったら」と言う。それなのに父は飲むつもりだろうか、手元の瓶ビールの栓を抜いた。細い瓶の口から盛り上がってくる泡を「おーおー」と言いながら親指で抑えようとして、けれどもその隙間から次々漏れ出てくるのを舐める。

「車どうするのさ」

グラスやおしぼりをホイ、ホイと手際よく広いテーブルに回していく母瞳子《とうこ》は、そのリズムを狂わされてはたまらないといった表情で、

「私が運転するさ」

と、手短に応えた。ビール、ウーロン茶、オレンジジュース、それからまたビール。母が次から次へとケースから引き抜いてはあちこちのテーブルに回していく飲み物の瓶がぶつかって冷たい音を立てた。父はそんな母を尻目にぱちんと割り箸を割って、てのひらを合わせ、

「いただきましゅ」

歯が無くなった父の言葉は空気が漏れるせいで、幼児返りする。出前らしい寿司の中からお稲荷さんをふたつ取り皿にのせて口の周りにビールの泡をつけた父、一切手伝いもしない父に白い目を向ける。母だって不満そうだ。杏子は父の顔を見ながら「またあきおが悪さした！」と言いたくなって堪えた一瞬、脳裡に祖母の遺影が浮かんだ。それを掻き消すように素早く動き、父の取り皿から素手でお稲荷さんをひとつくすねた。いつも迷いなくさっさと運転席に座る父が今夜

は助手席だって。「じゃあね」と立ち上がって、これが通夜かと杏子は思った。出ていく時ちょうど階下から上がってきたエレベーターがチンと鳴って、レールの上を茂おじさんの息子が滑り出てきた。

足を踏み外して、あると思った安定を失い「あ」と思った途端にもう引っ張られている。ほんの少しのミスだった。仲間の肩を摑もうとして突いてしまったら予期せぬ反動がついた。それで後方に押しもどされた体はあっという間に穴への落下を始めたのだ。仲間の姿がどんどん遠くなる。真っ暗な空間に青い光がすっと走った。近いのか遠いのかわからない。背中の下に地球があった。やっぱり地球って大きいじゃん、地球って大きな穴だったんだ。人の形を覆いつくすごわごわの宇宙服の中で、体がきゅっと縮まっていくような気がした。暑さも寒さも感じなかったけれど、きゅっきゅって体が、骨まで畳まれていく感じ。最近出はじめていて気になっていた下腹もへこんで、内臓が上へ上へとせり上がりあばら骨を圧迫する。ぺちゃんこにつぶれていく乳房がめりめりと骨の間に沈み、皮膚まで骨に張りついていくような、そうやって体がしぼんでいく。

そんな体の周囲に人型が三つ浮かんでいて、いや正確に言えば全員落ちているのだろうけれど、彼らはみんないざとなればこの落下の軌道から外れることができるのだろう、浅瀬を泳ぐような冷静さでこちらに近づいてくる。たぶん宇宙服のパーツを狙っている。こういう物を作り出す資源はどんどん少なくなっているときくけれど、宇宙の開発はとどまるところを知らず、あちこち掘り返されてなにもかも奪われていく地球はしぼんでいく体みたいだった。広い宇宙で地球がつまらない点になってしまう。だから地球が大きいじゃんと感じられた、あの最後の気持ちらしきものは尊いのだろうし、三つの人型は貴重な資源を無駄にしないためにも、大気圏で燃え尽きる前にこの体から宇宙服をひっぺがそうとしているのだ。

「そいつらを蹴って反動をつけろ、それで」

ヘルメットの中に仲間の声がきこえた。姿はとっくに見えなかった。穴の底に向かって青い光が幾筋も落ちて消えていく。それで？　ああ、なるほど通信か。まだ通信可能な範囲に自分はいるのだな、とわかったのと同時に、しぼんでいくこの体に近づいてきて足にしがみつこうとしていた灰色の人型を蹴った。飛び石を渡るように、続けざまにもうひとつ蹴った。

「上がってこい」

ミスを取り戻せる。もうすでに背中の下に地球はなかった。仲間からの通信を聞きながら両腕を広げた。追いかけてきたもう一つの人型のヘルメットを踏みつけるように蹴った瞬間に重力から自由になったような気がし、感情まで膨張をはじめた。三つの人型はずっと遠ざかり、今ではやつらの背中の下に地球があった。助かった。笑いたい気持ちだった。けれどもヘルメットの下で笑ってもなんにもならなかった。これ以上は膨張できないのだ。生きる以上のことを求める体を宇宙服に包んで地球から遠ざかり、この先どこに泳いでいけばいいんだろう。どこまで上がっても仲間の姿はなかった。みんなもっともっと上へ行ってしまったんだろうか。でも上ってどっちだろう。すっかり方向の感覚を失った。落下がなつかしく思えた、少なくとも死ぬまでの数秒は方向というものを持てるから。分厚いコーティングに守られた腕時計型装置を起動する。まだ壊れていない。もうすぐあばた顔の月がこのあたりを通過するからただちに退避せよと警告が出ていた。

ＬＥＤの青い光に包まれた時刻は深夜の二時過ぎだった。杏子は摑んだ時計を枕の横に放すと、泳ぐみたいに両腕をシーツの上に滑らせた。深い夜を泳ぐ午前二時の魚。ふいに覚めた意識に書かれる詩もどきの言葉。仕方なしに体を起こし、ベッドの上で三角座りをした。時計の青いライトが消えてしまうと部屋は真っ暗な箱になった。

変な夢をみた。行ったこともないくせに宇宙だって。けれど杏子の手にはなぜか仲間を突いてしまった時の感触がはっきりと残っていた。ごわごわの宇宙服に包まれていたはずなのに、その感触は指先を痺れさせる。海水浴場に浮かぶくらげに毒をもらったような痺れ。あれは死の感触だ、と杏子は思った。

アパートの前に安家賃とは不釣り合いに維持費のかかるランクルをとめて二階の部屋へ上がったのだった。背中のファスナーをじゃっとおろして破るように喪服を脱ぎ捨てると、そのままベッドに倒れ込んだ。通夜の帰りからまだ数時間しか経っていないのに、もう十年分くらいの年月をどこかへ置き忘れたみたいで、それは夢から覚めたあとによく起きる、時の遠近のおかしさだ。

降り続く雨の音が狭い部屋に満ちてくると、暗い水中に沈んでいくような気分になる。濃い闇の中で息が苦しい。砂利に落ちる水の音がよく響いていた。アパートの周りは地盤がゆるくて、雨が降るとすぐにぬかるむから、しばしば大家が砂利をいれていた。軽トラックの荷台に積んできた砂利をスコップで建物の周りにまく。おかげで杏子の部屋には小石に当たった水の音が跳ねてくる。膝に顔をうずめて、その音をきいていた。真夜中が厚いマントみたいになって、冷たい北国を包んでいる。マントは捲《めく》れ上がることなくぴったりと杏子を包んでいた。膝に顔をうずめたまま、てのひらで爪先を握った。骨ばった感触に遺影の故人が浮かぶ。あれは茂おじさんの息子だ。ということは茂おじさんという人もあんな顔をしているのだろうか。

通夜の席でいくらか出た茂おじさんの話をゆっくり思い出す。戦後しばらくのあいだ行方不明だったとか、ある冬の日にどんどんと戸が鳴るものだから羆かと思って身構えていたら突然樺太から帰ってきたとか。親戚のあいだを口伝えに残ってきたその時の茂おじさんの姿は、本当かどうかは確かめようもないが、羆の毛皮をかぶった山男だった。ほとんど野暮らしをしてさまよっていたのではないかと周囲を呆れさせ訝《いぶか》らせていたが、ある日街路を行くロシア人と何気なくロシア語で喋っていたこともあった。サモワールでお茶を飲んでいた、なんていう話もある。「お前の友達はみんな青い目をしているのか」と揶揄されても茂おじさんは何も言わなかった。本当に、何も言わなかったらしい。彼が家族から遅れること数年して樺太から帰ってきたのは間違いなかった。けれどその足跡はあやふやで、どんなに真剣に問うても本人がとぼけてはぐらかすものだから、誰にもわからないままになってしまった。羆の毛皮をかぶって藪の向こうから人家を覗いていたかもしれないし、帝政ロシアの貴族みたいな優雅さで紅茶を飲んでいたかもしれない。正解も不正解もないのは結局のところ茂おじさんが今どこで何をしているのか知れず、息子だという人は死んでしまったからだ。杏子は茂というひとの過去が雨といっしょに地面深くにしみこんで遠くなるのを感じた。

仰向けに寝転がって天井のほうを向く。父も母も、母の運転する車でとっくに通夜から帰っているはずで、今頃は深く眠っているのだろう。もう何十年も同じ部屋で眠らないふたりはそれぞれの寝息をきくこともなく、アルコールを含んだ父のいびきが人知れず鳴っている。誰にもきかれない寝息は死者の呼吸みたいなものだろうか。死者は呼吸なんかしないと言われればそうだし、実はきこえないだけで人知れず息してるんだよ、と言われたらそれもそうかと思う。息をする死者が部屋に貼りついているような気がして、天井から目を逸らした。

どうして誰もフイの話はしないのだろう。フイは杏子の父方の祖母で茂おじさんの妹だ。それなのに思い出話ひとつ、通夜には呼び出されなかった。ずっと昔に死んでしまうというのはこんなものだろうか。あの通夜の席にいた年寄りたちの中ではおそらくあきおが最も濃く、フイの面影を残しているはずだ。そうであるはずなのに父の口から出るのは「いただきましゅ」と空気の漏れた音ばかり。歯のない口はなんだかしまりなくてみっともないんだから早くお稲荷さんでも詰め込んでふさいじゃってよ、と杏子は思っていた。ふさいでしまったから、父の口からフイの思い出話はでてこなかったのだろうか。割り箸でひょいひょいとつまむ寿司は醬油につけるとほろほろくずれた。ご飯粒をこぼす父に「またあきおが」と文句をこぼしそうになりながら、それでも子供みたいに居直っている父を、杏子はいつも許してしまう。

あきおを守らなければ。それまで親の介護のことなんか考えたこともないのに、こんな思いが急に湧いて杏子は驚いた。父親を守ってやらなければならない。年老いたあきおが忘却と死の穴に落ちかけている。「長生きしてくれないと年金払い損になっちゃうでしょ」そんなふうに冷たく言いながら、穴から引っ張りあげるのに何かちょうど良い道具がないものかと思案した杏子は実家の物置に竹箒の立てかけてあったのを思い出した。「あきお」と杏子は親を呼び捨ててみる。灰色の壁に声がはねかえった。這うようにベッドを降りると、かすかに線香の匂いのするバッグを開けて白い紙に包まれた塩を手に取った。通夜の帰りに手渡された塩だ。本来なら、玄関で自身に振りかけるはずのものだったのに忘れていた。杏子が床にさらさらと塩をこぼすと、白い小山がひとつできた。そのてっぺんを人差し指でつぶしてから動物みたいに床に伏せると顔を近づけ、そっと舐めた。

塩辛さに、暗闇にふくらむ海を思った。ぬらぬらと砂浜に真夜中が打ち寄せている。泳ぎたい、と杏子は思った。真空の暗い宇宙を遊泳するように浮かびたい。あの宇宙の夢の感触を捕まえておきたかった。それで杏子は町の温水プールにでも行ってみようかと財布を開いて回数券の残りを確認した。真冬になるまでは定休日の火曜を除き毎日営業していて、塩素のにおいがする水にまばらな来場者を浮かべている。さっきみたばかりなのに、もうすっかり遠くなったあの宇宙の夢の感覚に、温水プールが一番近いような気がした。本当は海のほうが近いのかもしれないけれど、発達した低気圧が近づきつつある秋の海は白い小波を散らして荒れているから近づかないほうがよいだろう。もう一度寝て、朝になったらプールに行こう、絶対。そう思って目を閉じた。それに、誰もフイの話をしないなら、自分がすればいいじゃないかと杏子は思った。竹箒を持って、いや振り上げて、藪の向こうにざわざわと動く何かと戦わなければいけなかったような、そんなことを想像しているうちに眠ってしまった。

翌日、杏子はランクルの助手席に水泳バッグをほうり込むとすぐに車を発進させて、温水プールに出かけた。プールのある総合体育館の前には彫刻の女性像が立っている。本来は木彫なのだが、風雨にさらされる野外に立っているのはレプリカのブロンズ像だった。黄色い秋の木々に囲まれた彫像は、何か気配でも探るように首を長く伸ばした鹿に似ている。厚いマントにすっぽり包まれて腕や足をぴったり胴体にくっつけじっと動かない。すっと一人立っていられる女の人。

「あなた鹿に似ているね」

見慣れたはずの彫像だったのに、杏子は立ち止まってじっと仰ぎ見ていた。鹿に似ている、というのは違うのかもしれないとわかってはいた。それは杏子が勝手に彫像にかぶせた感想にすぎなかったし、地元にゆかりのある彫刻家の制作意図ではなかっただろう。冬のあいだ蝦夷鹿は細い足を雪に突き刺すようにして歩く。雪のくずれるかすかな音に耳を澄ませて空を仰ぐ。それから辺りに敵の気配がないとわかると、からっ風の渦の中で白樺の皮を剝いで食べる。硬い植物の繊維が痩せた腹に溜まる。そんな動物に似ている女なんて実際にいるとは思えない。鹿の顔をした女は「凍原《とうげん》」という題の彫刻だった。

その日、温水プールはすでに開館していて、杏子のそばを肩から水泳バッグをぶらさげた年寄りが通り過ぎて行った。自動ドアがひらくと、暖房のぬるい風の中に年寄りたちは飛び込み、入口に吹き溜まった落ち葉がおもてうらおもてうらと返りながら白く光る。自分も早くいかなければ、と杏子は彫像に背を向けた。平日の昼間に仕事をさぼっている、というか正確には親戚の告別式に参列していることになっているが、それをさぼっている。両親には体調がすぐれないから、と今朝早くに電話を入れた。

青い水に最初に爪先をつけたのは杏子だった。あの年寄りたちはどこへ行ったのだろう。高い天窓から光が降ってきて、プールの青い底に落ちた。踏んだら痛いだろうなと思う。子供の頃に経験した大きな地震の記憶がぐらぐらきて、はじめに浮かぶのは粉々に砕けたワイングラスの破片と、それを拾う小さな指。指先を切ってしまった。血が流れて、子供時代の自分が泣いている。あの時まだ幼児だった杏子に災害の記憶はもはや断片でしか残っていない。食器棚から落ちて割れたガラスの破片と、プールに沈む光の形が重なった。記憶の欠片が青い底で小刻みにふるえている。

思い切って水に飛び込むと、すぐに体が軽くなった。夕べの通夜に参列した喪服の自分が水の底に沈んで、体の中に溜まっていた泥のような疲れが水にとけた。もう忘れてしまおう。重さから解き放たれた杏子は力強くプールの壁を蹴った。ひと思いに二十五メートル泳ぎきって、足を着くことなくもう二十五メートル続けて泳ぐのが杏子のスタイルだった。合わせて五十メートル、それを二セット、三セットとこなす。背中の筋肉が水の中で躍った。重さから解放されて自由になった体が喜んでいる。プールには誰も入ってこなかったから、光のゆらめく水は今、杏子ひとりだけのものだった。痛みと重なっていた光の形がほどけていく。プールの底には赤い線がいくつか見えるばかりになった。ほどけた光が浮かび上がってきて水面にたゆたっているのを、クロールのひと掻きでこわした。決して余計な水しぶきを上げない静かな遊泳は無駄なく、杏子の体を流線形にする。水の抵抗が少ない生き物の形を思い描きながら、腹の下を通る赤い線を数えた。残り五メートル。水と一体になった最後のひと掻きで前に進むと、指先が壁を突いた。

足を着いた途端にプールの底に沈んでいたものが一気に浮かび上がって再び杏子の体に取り憑いてきた。忘れられなかった。泳いでいる時にだけ引き離すことのできる現実の重たさを引きずって、杏子は銀色の梯子をつたい水から上がった。体の重さにうんざりした。

採暖室でぼんやり座っていると、更衣室からようやく年寄りたちが姿を現し、大きなおしゃべりで触れてもいない水面をふるわせた。ひとりずつ、プールサイドの銀色の手すりにつかまって一段一段と梯子を下り、水に入る。ゴーグルをかけ、顔の見えなくなった三人の老婆がざんぶりと水にもぐる。そのままくるりと回ってしまって、尻だけが水面に浮かび出た。「斎藤さんったらもうやだ」と言ってその尻をつつく黒い水着の老婆は、自分もやってみようと少し離れてもぐる。尻から太ももまで、たるんで垂れ下がった白い肉が水に浮かんで遊ぶ。その様子が少しだけ、夢の中の宇宙遊泳に似ていると採暖室で乾いていく杏子は思った。花柄の水着の痩せこけた体だけ、ざんぶりともぐったまままいつまでも浮かび上がってこなかった。

夕べの雨の気配がまだ外気に残っていた。茂おじさんの息子は今頃けむりになって、やがてこの空気に溶け込んでいくのだろう。いくつも水たまりがあったのを躱しながら、広い駐車場を横切って自分のランクルを探す。水たまりは曇り空を映さないで、底に転がっている灰色の小石ばかりみせている。小石の上に一匹のヤゴらしき生き物がいた。アメンボが細い足で水面を撫でていくのをじっと目で追っているくせに、動かない。杏子の足がひらりと水たまりを跳び越えてもヤゴは動かなかった。旺盛な夏に食い荒らされた街路樹の葉っぱには、あちこち丸い穴があいていた。その向こうに、プールにやって来た人々がみえる。杏子にとって、あの宇宙の夢はどんどん遠くなって、今ではもう小さな穴から覗きみる点のようになっていた。あの夢の感触をつかんでおきたくてプールに行ったはずなのに、結局は遠ざかってしまう。杏子は水たまり目掛けて小石を蹴った。夢の中で自分が蹴り落した三つの人型の感触もどんどん消えてしまって、しだいに生命感の無い彫像のように硬直した。夢の中でははじめから、誰ひとり生きてなどいなかった。だからこそ夢は目が覚めた途端に内側からくずれてしまって覗くことなんかできやしない。せめて通信の中にあった「あばた顔の月」の軌道だけでもわかればいいのに。車のロックを解除してドアを開ける。杏子は地面を蹴って、摑んだ車体のでっぱりにしがみつくようにしてランクルの高い運転席に座った。バックミラーには昼間の白い月にぶつかりそうなヘリコプターが映っていた。

＊

ぶんぶんぶん。頭を振って、動作のにぶった秋のしつこい蠅を子熊が追い払おうとしていた。耳に近づいてくるとぶぶぶ、と小刻みにふるえて鳴るその翅音《はおと》に威嚇でもするように、黄色い牙をぎっとしても、秋の蠅はまだしつこく纏《まと》わりついてくる。そんなものには構わなくていいのよと言わんばかりに大きな母熊の背中は眠たいあくびにぐっと伸びる。前足の黒ずんだ爪を舐めてから顔をぬぐう。逆立った獣毛の隙間にしっとりと濡れて冷たい空気が入り込み、そのしっかり深まっていく秋の感触に母熊は空腹を覚えた。子熊はまだ自分で狩りをすることができなかったので、空腹を抱えていても母熊は立ち上がり、親子二頭分の狩りをしなければならなかった。けれど今はとてもそんな気にはなれず、もうひとつ大きなあくびをして、うるんだ黒目に我が子の姿を映しているのだった。

子熊はまだ懸命に頭を振り続けており、不器用にとんと尻をついた座り方もしだいしだいに崩れていく。重たい頭から前のめりにころん、とひっくり返りそうになった時、急に進路を変えた蝿がびゅっと口の中に入った。これは食べ物なのか、そうでないのか考え込んだような、神妙な顔つきになって子熊は母熊の顔を見上げた。母熊はうつらうつらと眠りかけており、子熊の口の中でぶ、ぶ、と秋の蝿がまだ飛ぼうとしているのを知らない。くしゅ、とひとつくしゃみをした、その勢いで子熊は蝿を飲み込んでしまった。

桃色の喉がふるえた。

こんなことがあった山のふもとでは、今日も牛くんが子熊を一頭彫っていた。夕べ強い雨が降ってぬかるんだ斜面では小規模な土砂崩れがあったらしい。それで根こそぎ滑り落ちてしまった倒木が何本もあって道を塞いでいた。まず牧草ロールを集める作業をしようとしたフォークリフトが立ち往生し、次いでその牧草ロールを積んで運び出そうとしていたトラックが道半ばでエンジンを止めた。今日は向こうの放牧地へ行こうかね、と乳牛を移動させていた男が騒ぎに気がついて立ち止まると、ずんずん押し寄せてきた乳牛も足を止めた。子牛が啼いたのは不満からだったにちがいなく、そんな不満を聞きつけた牛くんは今朝早くに現場へ向かうと、しっかりと大地に根付くことのできなかった細っこい倒木の一本一本を鋸で切り出した。いや、鋸ではあまりにまどろっこしい。一体おれたちはどれくらい立ち往生していればいいのだ？　という不満を今度は山のふもとのしげ爺さんが聞きつけてチェーンソーを持ってやって来ると、あっという間に何事もなかったかのように道がひらけた。

牛くんは切り出した木を手ごろな大きさにして乾かすことにした。冬になったら、海辺で焚火をしようと思ったのだ。だが、ふと思い立って彫りはじめてみれば、へたくそな子熊がまた一頭完成してしまった。その木は彫刻に向いていなかったため、彫刻刀の刃を入れるたび、縦に割れてしまう。雨水をたたえていたために重く、完成したばかりの子熊を取り落しそうになったのをあやうくてのひらにとどめてよく見ると、木の中から小さな虫が出てきた。曲面をつくるのに細かく彫刻刀を当てたところが白く光る。牛くんの親指が虫をつぶしてさっと払うと、つぶれた虫の体液が子熊の背に線を引いた。

「お客さんが来てるって、ちょっと！　牛くん店番よろしく」

薬局の奥の住まいのほうから加代子さんの声がした。それで牛くんは子熊を商品台の上にとんと置くと、黄色いゴムサンダルを裸足につっかけて、しげ爺さんのアトリエから隣の薬局へと小走りで行く。牛くんの居たあたりは陽だまりになっていて、季節の色が秋深く染まってもまだあたたかい。えんじ色の座布団の上にもみじの一葉が落ち、木彫りの子熊に秋の蠅がのんびりとまった。

アトリエの奥から顔を出したしげ爺さんがその蝿のとまったへたくそな彫刻をみて、それから山のほうを眺めてまず低く唸るような、そういう笑い方をした。ここらの山には昔から熊らしくない子熊が数年に一度は生まれて、それはまだ熊の体に慣れていない神様だから、出くわしても人間のほうがそうっと後ずされば何のことはないんだよ、と言い伝えられてきた話を大事に噛みしめていくような、残ったわずかの歯をカタカタ言わせる笑い方にやがて変わった。秋の蝿はじっとして、まだ動かないでいる。黒い胴体を透かした翅の上を横切っていったのは、高い空に浮かぶ雲の小さな反映だった。

＊

その日、茂おじさんがあきおにくれたものは青い空だった。菓子箱の中で何かが空を映していた。白い雲が通ったのを、あきおの手が摑もうとしたら箱の中の空がこわれた。小さな手から欠片になった空がこぼれる。箱の中にいたのは丸い背中をした五センチほどの虫たちで、森の腐葉土の下や、民家の壁や塀と地面との隙間によく見つかるくせに、誰もその名前を答えることのできない、そういう不思議な虫だった。六本の脚を滑る菓子箱の中で泳ぐように動かしつづける虫は、青い空を背負っていた。虫の丸い背にこれほど風景が映り込むなんて、あきおはそれまで知らなかった。思わず見上げた空は高く青く、滑るように飛ぶ鳥の影はまだ地面まで落ちてこない。

破れたまま納屋に立てかけられている虫取り網のことを、茂おじさんは知っていたのかもしれなかった。それで網なんかなくても簡単に素手で捕まえることのできるこの虫を教えてくれたのだ。

「向こうの倒木にでも砂糖水ば塗っておけ、したらこんな虫なんぼでも捕れるぞ」

あきお少年に菓子箱を差し出した茂おじさんは得意げだった。差し出された菓子箱を受け取ったあきおはまず蓋の閉まったままの箱に耳を押し当て、中の音をきいた。逃げ出そうとする虫が紙箱の上を歩くときに立てる引っ掻くような音がする。音はよく変わり、そのたび箱を持つあきおの手はくすぐったくなった。音にくすぐられている、というのがあきおの両手が覚えた虫の感触だった。だからこそ、菓子箱の蓋を開けた時、そこに青い空がゆらめいていたのに驚いて、あきおはまぶしさに目を細めたのだ。

「おじさん」

ありがとう、と礼を言おうとしたあきおの前にはもう茂おじさんの姿はなかった。菓子箱を残して飛び去ってしまったかのような消え方だった。

この頃茂おじさんはもう炭鉱で働いていなかった。だから今ではほとんど浮浪者みたいな暮しをしているとか、あまり近づいちゃいけないよとか、大人たちは口々に言うが、陰では戦争で片目を失った茂おじさんには莫大な額の年金があるのだという噂話を真に受けてうらやんでもいた。体が弱く、しばしば学校に通えない日々を過ごしていたあきおに、茂おじさんはよくバナナをくれた。運動会のお弁当にバナナを持ってこられる子供はめぐまれた家の子供だ、とそんな認識のあった時代にあきおは庭の隅にしゃがんでバナナを食べた。手の中で、辺りに馴染まないバナナの黄色が冴えていた。空を背負う虫のことを知って以来、あきおはフイの目を盗んで台所から砂糖をくすねては水に溶き、倒木に塗り付けてまわった。かぶとむしともくわがたむしとも違うこの虫はその後いくらでも捕れたが、どの背も空の色を映すことはなかった。あの青い空は菓子箱の中にだけ奇跡的にあったのだ。

ぼんやりして傾けてしまった菓子箱から虫が落ちた。地面の色はそこだけ丸く違っていて、ここがもう半年以上も前にあきおが穴を掘り、その穴にフイがはまった場所だとわかる。土の色は決して馴染むことがなく、あきおがしでかした悪さの証拠が消えることはなかった。しゃがみこんで、落っこちた虫をてのひらに摑む。ぎゅっと摑んだ虫の体は思っていたよりもずっと軽かった。よく見ればびっしりと白い柔毛《じゅうもう》に覆われた脚は細いくせに力があって、あきおのてのひらを何度も強く押してくる。角も触角もない頭部は小さい。さすがに空を背負うだけのことはあって、扁平な形をした背だけは大きい。人差し指を押しつけた背は硬い。良質の革製品に似た光沢がある。細部を知っていくたびに、このあたりにこんな虫がいたものだったか不安になる。

摑んだ虫を箱に戻した。すると別の個体がせっせと箱をよじ登ってきて、そこだけ色の違う地面に落ちた。また捕まえて箱に入れると、すかさず別の個体が箱を登りまた落ちた。あきおの小さな手は何度も何度も虫を摑む。繰り返しの中でふと、この虫は飛ばないのだろうかとあきおは思った。ひょいと捕まえた一匹を箱に抛り込み、今度は逃げ出す前に急ぎ菓子箱の蓋をしめた。それから川べりまで駆けて箱の蓋をあける。虫がよじ登り、次に落ちるのは水の上だ。危険を察知すれば虫も飛ぶのではないか？　あきおは膝を曲げてほんの少し水面に近づけるように箱を傾けた。やや滑りながらも箱を登る虫たちは水面に身を乗り出す恰好になる。そこを越えたら水に落ちる。あきおの心には前の夏に、かぶとむしやくわがたむしを捕まえた子供らで虫相撲をしたことが思い出された。その時あきおの虫は戦いもせずに一匹よろよろと土俵を下りてしまったのだ。

「おい、逃げるのはひきょうだぞ、逃げたやつは死刑だぞ」

そういった遊び仲間のひとりが藪を払ったり、柳の若木を切り倒したりするのに使っていた小ぶりの鉈であきおのかぶとむしの胴体をまっぷたつに切断してしまった。かぶとむしの六本脚はしばらく動いていたが、その動きが完全に止まってしまう前にあきおは逃げた。

箱のふちにつかまっていた虫は、川上から吹いてくる風を捕まえようとするみたいに小さな頭を振った。風のにおいを嗅いで、脚を引っ掛けることのできそうな、空気のささくれを探す。だが、虫は前のめりになってそのまま水に落ちた。あきおの手は虫を摑み上げはしなかった。柳の葉陰が落ちている場所で渦になっている水の、その渦を描く線をなぞるように虫は回る。しだれ柳につかまろうとしても、水面のそれは水に映る虚像にすぎない。他の虫たちも同じように、次々と水に落ちた。軽い体は沈むことなく流れていった。箱の中で活発に動く虫とそうでない虫がいたが、活発なものほど早々に水に落ちる。よじ登ろう、這い上がろう、助かろうともがいたことが裏目に出る。あきおは時間が経つのも忘れて、虫が流れていくのをじっと見送った。

気がつくと、川下のほうが赤く染まっていた。夕焼けがにじんで、風に立つさざなみのてっぺんに茜雲《あかねぐも》がいくつも映った。箱の隅に動かない一匹がまだ空を背負って息をひそめていた。何度も箱をよじ登ってはあきおのてのひらに捕まえられていた個体だったのかもしれない。折れてしまったのか、一対の後ろ脚がだらりと長く伸びていた。突いても動かない。夕飯までに帰らなければ母さんに怒られると思って、あきおは最後の一匹を摘まみ上げ、箱のふちにつかまらせた。それから箱を軽く揺らして、そのまま水に滑り落とそうとする。

その時、まっぷたつに空が割れた。虫の硬い殻のような背がぱっとひらいて、中に畳まれていた透明の翅がふふふふと笑うように広がった。そしてあっという間に箱のふちを蹴って飛び立つと西空に向けて、もう動かないかもしれない一対の脚を長く伸ばしたまま飛んでいく。あきおは視力の限界まで虫を追った。割れた殻は赤く光り、透明の翅を透かして丸い太陽が見えた。目がくらんで、あきおは虫を見失った。小さな動体を追う視力の限界を超えただけだろうが、もしかしたらあの虫は、丸い太陽の赤さに燃え尽きたのかもしれなかった。

からすが太陽を躱しもしないで西空を飛んでいった。鳥は夜が来る頃に燃え尽きて完全に灰となったが、灰の中から再び形を取り戻すと目を覚ました。そして翼を広げて、自らが不死の鳥であることを高らかに啼いて誇るのだ。立ち上がった時、脚はまだ白っぽくてよわよわしくも見えたけれど、夜明けとともに東の空から飛び立つ鳥にそんなことは関係がない。関係がないのだ、とその夢の中で大きな鳥の嘴を撫でたあきおは寝言を言った。あきおは不死鳥の夢をみた、ずっと昼寝の最中なのだ。

＊

彼女はベンガラで赤く染まった土の上に膝を折り曲げて眠っていた。夢の中で、森に掘った落とし穴を見に行った息子が帰ってくるのを待っている。その穴は猪や鹿を捕るためのもので、上手くいっていれば今頃穴の中には動物がいるはずだ。年老いた彼女にはもう食べたいとは思われない肉の焼ける匂いが、もうすぐこの竪穴住居にまで満ちてくることだろう。竪穴住居の中は気の早い誰かが熾した火のためにすでに煙たく、息を吸うたび喉がいがらっぽくなった。

今年の山は不作であまり食べ物がない。動物たちはみな等しく食べる物を探して森を歩いた。そして時には別の生き物の食べ物になった。集落の若い女がまだ暗いうちに、真っ黒で大きな動物に連れ去られたという話を彼女はいたましく思いながらきいた。羆だろう、と皆口々に言った。「最近この辺りの集落近くまで下りてくるんだよ、人間だって深い森の中に踏み入っているくらいだからね、獲物がいるとわかればどんなに柵を丈夫にしても羆は乗り越えてくる」

若い女には子供が二人いて、その残された幼子の面倒を皆でみることになった。屈葬にしてやれなかった死者は夜な夜な集落の縁の赤い土を踏み小石を蹴って歩き回る。その死者を食らおうとする化け物の黒い背中が喪の夜を覆った。せめて二人の幼子の腹くらいは満たしてやれたらいい。そう思いながら彼女は寝返りを打った。彼女にはいつ息子が帰ってきたのかもわからずじまいになった。さらにその年の飢餓を皆が乗り越えたかどうかも知らない。痩せ細った彼女は静かに息をひきとって、やがて穴の中に屈葬された。穴にはベンガラの赤が撒かれ、彼女の眠りは地層深くにうずもれていった。

杏子の目の前には資料館に展示された北方民族の過去が広がっている。これは墓壙《ぼこう》だ。赤く着色された土の上に、女と推定された死者の骨が残されている。展示ケースを撫でているうちに、杏子には昔々の誰それが憑依してくる。自分の日常とは違う見知らぬ風景がかぶさってくる。過去が親近感をともなって近づいてくる。市民球場を建設するのだとか、いやそれには反対だとかの騒ぎが地表で起こった時に、この女は目を覚まして杏子に取り憑いた。杏子に向かって「遺跡を保存せよ」とまるで女の声が言っているかのように、不快な耳鳴りが日増しに大きくなった。当然のように、杏子の働く資料館の職員たちも遺跡は保存されるべきものと考えて仕事をつづけた。

「え、あなたたち、たべられちゃってもいいの？」

と、急に言い出したのはシマちゃんという、先輩学芸員だった。「遺跡を保存するってことはさ、今を端っこからちょっとずつ過去にたべさせるってことだよ？」

苗字に「さん」付けで呼ぼうとするたびに首を横に振って「シマちゃん」と訂正する、シマちゃんと呼ばれたい先輩は杏子よりふたつ年上だったけれど、なんだか杏子よりずっと若く見えた。ランチバッグにぶら下がっていたクマのぬいぐるみは、シーズンごとにコスチュームが変わって、十二月になるとサンタの赤い帽子をかぶっていた。シマちゃんはバス通勤をしていたけれどバスに乗り遅れることが多くて、帰りはよく杏子が車で送っていた。それで寄り道することを覚えて、ふたりでよくコーヒーショップに入った。レジカウンターの横に毛足の長いクマのぬいぐるみがいくつも積み重なっていた。ひとつ千円で、杏子は自分の暮らしにはちょっと不釣り合いなものだと思った。

シマちゃんは考古学系の学芸員だったけれど、不思議と過去に執着しない人で、市民球場の建設にも反対する気はないらしかった。

「シマちゃんは遺跡が壊されちゃってもいいんですか？」

「いいんじゃない？　だってここ、今だよ？　昔の人にはなんにも関係ない時間だよ？」

そう言ったシマちゃんの鼻頭に、マスカルポーネクリームがついていた。手元のドリンクにはまだたっぷりとクリームが乗っている。それを少しずつスプーンで崩しながら飲むらしい。杏子はブラックコーヒーしか注文しない。

多くの人が現在を譲り渡してでも残したいと思う過去とはなんだろう、と杏子は墓壙を見ながら考えた。シマちゃんだったらいいかな。シマちゃんにだったら、食べられちゃってもいいかもしれないと思ったら、記憶の中のマスカルポーネクリームの色が心に淡くにじんで沁みた。シマちゃんが資料館を辞めてからもう二年経っていた。「女同士の関係ってさ、これ以上発展のしようがないよね」と言ってシマちゃんは結婚し、九州へ引っ越していった。

それから杏子は、市民球場の建設に反対することをやめた。そもそもこの町の多くの人が反対していなかった。だれもが遺跡より球場を欲しがっていたのだ。一部の専門家と他の自治体の多くの学芸員は球場建設に反対をつづけたが、町は強引に建設を開始した。黄色いショベルカーが土にキャタピラの跡をつけながら大きな穴を掘っていくのを、杏子は車の中からよく見ていた。その頃はまだランクルに乗る前で、親から譲り受けた銀色の軽自動車に乗っていた。もしかしたらあの有無を言わせず土をえぐり、ただ自らの仕事を黙々とこなす黄色いショベルカーへの憧れが、のちにランクルの購入を決めた要因になったのかもしれない。自分が弱いから大きくて強そうな車に乗る。杏子は学芸員の端くれだったけれど、遺跡が壊され大きな穴があいていくのを見ても、後ろめたい気持ちにはならなかった。ただ時々猛烈に、シマちゃんが恋しくなった。

キャプションパネルには市民球場を巡る問題が取り沙汰されていたころの写真が添えられていて、そこには半分作られた球場のスタンド席と、あちこち標柱の立てられた四角い穴が整然と並ぶ遺跡の両方が写されている。もし市民球場の建設が頓挫してしまっていたら、今頃はあの作りかけのスタンド席から広い遺跡を、それもかつて墓地だった場所を見下ろすことになっていたのだろうか。そういえば、この町に唯一ある遊園地の観覧車から市営墓地が見下ろせる。結局この町は墓地ばかり見下ろしている。最終的に市民球場が完成し、遺跡の大半は考古調査のあとで埋め戻されたが、ベンガラの鮮やかな赤色に染まったこの墓壙と人骨のように、資料館に収蔵されたものもあった。

「土に還りそびれちゃったね」

杏子は毎朝二階の展示室にあるこの墓壙を見に行っては人骨に話しかけてみるのだった。話しかけていられるうちは杏子の現在は食べられない。非正規の学芸員としてこの資料館に勤め始めても五年になっていた。秋から冬へのつなぎ目にいるような気温の日々がつづいていた。朝晩の冷え込みはきつく外気温が三度になる日も珍しくなかったが、日中は二十度近くまで気温が上がる日もあった。展示室の中は常に一定の温度を保っていて、それは考古遺物や動物の剝製を守るためだったろうけれど、杏子にとってもまた快適な職場環境なのだった。黙って作業をするには寒すぎるのかもしれないけれど収蔵庫内の片づけをしたり、社会見学の学生たちを案内して歩くにはちょうどいい。

この日も小学生の一団が社会見学にやって来ることになっていたので、杏子はいつもと同じ説明をするのに青いファイルを脇に抱えて館内を歩いた。杏子の細い足が螺旋階段を下りていく。これは鹿の足取り、と心に思い浮かべながら階段を一段抜かして跳ねるように下りる。ところが最後の一段で危うく躓《つまず》きかけて慌てた。ふいに外から高い音がきこえたので立ち止まって耳を澄ます。杏子は「狩りの森」と呼ばれる一階の展示室にいた。蝦夷鹿や蝦夷鳴きうさぎの剝製も耳を澄ませる。もう一度、高い音が鳴った。市民球場で行われていた野球の朝練で、誰かがホームランを打った音だった。

「へぇ、こうやって落とし穴を掘って狩りをするのですかぁ」

社会見学の子供らを引率してきた教師がフロア一階の常設展示を見て言った。そのフロアは「北方民族の暮らし」と名付けられていて、竪穴住居のある集落と狩りの森という二つのセクションに分かれている。人々はおもに狩猟や漁撈をして暮らしていた。森のほうが照明の数を少なくしてあって薄暗い。木々が鬱蒼と茂っているということらしい。そんな中に落とし穴があった。教師は展示室の真ん中にあいている穴を見下ろして「へえ」とか「はあ」とか繰り返していた。穴にはまだ獲物は落ちていない。動物たちは狩りの森に散り散りに展示されている。藪の陰で集落の男が息を殺し弓を構えていた。黒曜石でできた矢じりの先は一頭の蝦夷鹿に向けられている。雌の個体だ、角はない。暗い森で足下に影ひとつ落とさずじっと静止している。黒くうるんだ優しい目をして、牝鹿は水のせせらぎや小鳥の声をきいていた。そこに、風になって紛れ込む息の音をきいて敵を知る。牝鹿は自分を狙う矢じりの切っ先と落とし穴に気がついていた。高く跳ばなければならない、そうでないと逃げられない。

杏子の細い足は毎朝出勤してすぐに軽々と、その穴を跳び越えていた。落とし穴のことくらい歴史の教科書に書いてあるでしょう、と穴に感心しきりの教師に言いたくなったのをぐっと堪えた。この学校は毎年すべての学年がかわるがわるこの資料館にやって来ていたので、教師の言葉はしらじらしくきこえる。それともこの教師は新しく着任したばかりで、はじめてこの町の資料館にやって来たのだろうか。杏子は何度も来ているはずの教師たちの顔すら、ひとりも覚えていなかった。現在を生きる人々のこの印象のうすさを思うと同時に二階の展示室にある人骨の存在感に恐れ入った。集落は一階にあるのに墓壙は二階にあるというのはおかしなことだったけれど、展示物のあいだを縫うように歩き回る子供らを見れば生も死も、現在も過去も、すべて時間の流れがやわらかに寄り合う往復可能なものに思えてくるから不思議だった。四階まである展示室の各フロアは螺旋階段と、巨大くじらの下顎骨の展示物が下から上へと時を結んでいた。階段をのぼって上へ行けば行くほど時代は下り、昭和のあの戦争とこの町を襲った災害の記憶を辿ることになる。そうして、ほーぅ、ほーぅと鳴る、つい数年前に廃止された霧笛までつながっていく。

「恐竜っていないの？」

狩りの森を見回していた子供が言った。入口で二十秒足踏みしてしっかり泥を落としましょう、と指導されているはずなのに小さなスニーカーには泥がついていた。

「恐竜は地球上に人類が現れる前に絶滅したのでいません」

と、杏子は専門外のことをもっともらしく言った。

「でもツチノコはいるんでしょ？　ママが言ってた」

「ツチノコ？」

狩りの森に、ぬるい風が通り抜けたように思って、杏子は先へ進んで行く小学生の群れから目を離す。蝦夷鳴きうさぎの剝製と目が合った。キ、と高い音がしたのは誰かのスニーカーのゴム底がしっかり磨かれた床をこすったからだろう。剝製の動物たちの間に視線をさまよわせて、そこに見覚えのない生き物がいないことを確認してほっとした。

狩りの森の真ん中に落とし穴を作ってはどうか、と提案したのは杏子よりも年下の、けれど正社員として資料館に勤めていた男だった。学芸員の有資格者ではなかったが経営のエキスパートとして地元の遊園地で手腕を振るっていたのを引き抜かれてやって来た。観覧車から市営墓地の見える例の遊園地だ。

「本当は左遷だったんじゃない？」

清掃会社のパート女性が床に洗剤を噴射しながら笑っていた。「だってあの人を見るたびに、錆びた観覧車が一生懸命回りつづけようとしてる音がきこえる気がするんだもん」遊園地の来場者は満員の市民球場よりも少ない。あと三年持ちこたえればいい方だ、と市民たちは噂していた。資料館と経営母体が同じであるために、こうして人員の異動整理をしているのではないか、という噂もあった。

その経営のエキスパートが展示フロアの真ん中に穴を掘るという提案をしたので、そこで働く誰もが的外れもいいところだと呆れた。だいたい来館者の安全はどう確保されるのか、それに建物を毀《こわ》す提案に予算などつくものか。

だが、実際に穴はあいた。あれよあれよという間に狩りの森の真ん中に落とし穴が掘られた。作業は従業員も清掃業者もみんな帰った真夜中に行われたらしかった。近隣住民が目撃したところによるとその一日だけいつまでも資料館の灯りは消えず、ガラス張りのエントランスは昼間のように輝いていた。建設業者かその下請けが入っていたのだろう。ところが昼間の誰もがその業者のことを知らなかった。杏子は事務室に行くのにあいたばかりの穴をひょいと躱した。そうやって資料館で働く人々の意識は穴から逸れた。穴があいたのも早かったが、誰も気にしなくなるのも早かった。ただ経営のエキスパートだけが何もかも知っているといった含み笑いを浮かべ、いつか獲物がかかるのを待っているようだった。

水のせせらぎと小鳥の声がやんでしまったので、杏子は狩りの森の入口まで行って赤いボタンを押さなければならなかった。一度ボタンを押すと二十分間、水はせせらぎ小鳥は啼く。それはかつてシマちゃんが、郊外に広がる湿原で録音してきた音だった。マイクを担いで、ひとりで集音しに出掛けたのだ。パソコンを操作する手がかじかんで自由に動かなくなるほど冷たい空気が湿原に張りつめていた。だけれど水の流れる音が録音できたことを考えると、あれはまだ真冬ではなかったのだろう。手袋もしないでマイクを握りしめた。「とにかく寒かったんだってば」と言いながら耳まで真っ赤にして、シマちゃんは帰ってきた。

森の入口に辿りついた杏子は、てのひらいっぱいを使って、丸くて大きなボタンを押した。もう一度狩りの森の奥へ戻ると、引率の教師が穴にはまっていた。館内の冷気が溜まった穴の底は寒いにちがいなく、教師は太い腕で贅肉のついた体をしきりにさすっていた。それから、秋の蝿よりも素早く両手をこすり合わせて息を吹きかける。嫌になったら自分で這い出せば済むだけの落とし穴だったので、杏子は声もかけなかった。一階のフロアに小学生の姿はなく、みんな螺旋階段を登って時間を押し進めていた。水のせせらぎと鳥の声がきこえる。また二十分経ったら、だれかがボタンを押しに行かなければならない。くしゅ、と穴の底からきこえたのでじっくり覗き込むと、そこには肥えた動物がぶるぶるふるえているのだった。

仕事を終えて家に帰るのに、まず職場から駐車場まで二十分歩かなければならなかった。まだ慣れていない靴を履いてきてしまったために小さな歩幅でしか歩けない杏子は、いつもより余計にこの町の広さを呪った。ランクルによじ登ると、一息つく間もなく発進させた。助手席に水泳道具が一式積んである。帰りにプールに寄ろうと思っていた。バックミラーに初代館長の胸像が映った。

「今日泊まっていったら？　ごはんもあるよ？」

母親の瞳子が言うので杏子はその日、子供部屋で眠ることにした。久しぶりの実家だった。乗ってきたランクルは家の前の歩道に乗り上げるようにして堂々と停車している。安家賃のアパートの前に停めておくより似合っていた。ごはん食べるの？　それとも先にお風呂？　あれこれ世話を焼こうとする母親に対して父親のあきおはパソコンの前で微動だにせず、アマゾンプライムで映画をみていた。アカウントの作り方やら契約の仕方について、あれこれ訊かれたことがそういえばあったと杏子は思った。

古くなってきた木造の戸建て住宅は湿気を吸いやすく、夏のあいだは建材が膨張してドアが開きにくくなる。今くらいの季節だと引き戸がちょっと引っかかる。もう少し冬が近づいて乾燥していけば自然とおさまっていくそういう暮らしの不具合の中に、帰って来た娘の杏子がプールの匂いを混ぜ込む。そのせいだろうか、瞳子には一瞬、部屋の空気が青く見えた。子供の頃の杏子はあまりに痩せすぎていて、ちゃんと大きくなるのかと瞳子は不安に思っていた。いくら食べさせても太らない。こっそり覗き見た脱衣所で体重計に乗る杏子の背中には背骨が浮いていた。脊柱のつなぎ目がわかるくらい骨の形がくっきり見えた。あの時も瞳子の目には家じゅうが青く見えた。娘の体から浮かび上がる骨が白い肌のあちこちに陰をつくった。そこが特に深い青色をしていた。

小児科医の勧めで、杏子に水泳を習わせることにした。運動をすれば自然と食欲も出てくるでしょうというのが老医師の意見で、簡単な問診だけで済んでしまった診察を瞳子は信じる気にはなれなかったが他にどうしようもなく、杏子の水泳教室は数日後に始まり、小学校の途中でやめてしまうまでつづいた。水泳教室は自宅から遠かったので送り迎えをしなければならず、瞳子は毎週土曜日の昼に水泳教室の二階の窓から、水槽でも覗き込むように青いプールの底を見下ろしていた。いつも薬品のにおいを嗅ぎながらプールに飛び込む子供らを見ていたが、その中から娘を見分けられたことが一度もなかった。ピンク色の水泳帽をかぶった娘と同じような子は何人もいたし、プールの底の青に引っ張られるように深くもぐってしまえば帽子の色なんかすぐに曖昧になった。温水プールだとはきいていたけれど、あの青は寒々と照明の白色を浮かべて、泳ぎにかき乱されてもすぐにすっと無表情になる。そんな水面を瞳子は冷たいに違いないと思っていたし、娘が暗い穴のような水底に沈んでいくような気がしていたから、回想はいつも青にのまれる。

「ごはん、そこ置いといて。あと自分で片付けるからもういいよ」

荷物を置きに行った子供部屋から階段を下りる杏子は母親にそう言いつつ、パソコンを凝視している父親をみかけたので、つい昔あったことに心をめぐらせてしまう。

ディスプレイに白い尻が映っていた。あんな大きなお尻、と二階の子供部屋から階段を下りてきた杏子は目を伏せた。丸めた下着を握り持つ手に力が入って青い筋が浮いた。風呂に入ろうと思って階下へ下りたら、あきおがエロサイトを見ているのに出くわした。階段の途中で足を止め、ディスプレイに張り付いているあきおを盗み見るように斜めにリビングを見下ろす。あいだにはガラスの扉があった。室内から漏れる光が足下の段差に影を作っていて、残り数段が果てしないほど遠くなる。そこに思い切ってどん、と大きな音で下りると、娘の気配に気がついたらしいあきおは慌ててディスプレイの電源を切り、きょろきょろあたりを見回してから時計を見て「もうこんな時間か」とわざとらしく言い、何事もなかったかのように重そうな体をゆらしながら立ち上がった。脱衣所へ向かった杏子はこっそりあきおの股間を確認して、あんなジジイでも勃つのかと想像した。大学を卒業してからしばらく就職もできずに、仕方なしに実家の子供部屋で暮らしていた頃の出来事だった。まだ二十代の前半だったのに夢なんかとうに失せてやりたいこともなく、どうして生きているのかわからないくせに老後の心配をしていた。あきおのだぶだぶの部屋着の下がどうなっているのか、実際に見たくはなかったが、黒く萎《しな》びた陰嚢を踏み台にするみたいに、赤茶けた性器が立ち上がっている想像をした。それは杏子が心のどこかで憧れているものでもあった。

学生時代、はじめて付き合った彼氏がEDだった。三十歳になった今になって杏子が思うに、その問題にはもっと別の原因だってあったはずで、何も杏子に魅力がなかったばかりではないだろうに、そんなことも知らないで杏子は自分に自信をなくしていった。はじめて抱き合った時、杏子の胸は高鳴った。その高鳴りは、ブラジャーを押し上げて乳房を揉みしだく男の硬い手にだって伝わっていたはずだ。熱い息を吐きながら男は杏子に何か言ったけれど、はずかしさが限界までこみあげていた杏子はその言葉を取りこぼした。一度離れて服をすべて脱ぎ捨てた。それからまた抱き合って、今度は迷いなく杏子の下半身に縋りついた男は、杏子のはずかしさを押し開くように太腿を広げ濡れた陰部を指でなぞった。杏子は目を閉じていた。自分の心臓の音ばかりきこえた。強く打って全身に血を送る心臓から、こらえきれなくなった快楽が爆発する感覚が頭の中に残った。けれどそこまでだった。男が指を挿し入れた時、杏子は目をあけた。縮こまったままの陰茎を見た。膣の中にうごめく人差し指の形を冷静に記憶した。それで終わりだった。男は「なんでこんなに痩せてるの」と杏子のあばら骨がつくる青い陰を汚れた指で気味悪そうに突いた。はじめから欲望なんか無ければよかった。夜がくるたび男のほうが苛立ちを募らせていった。同棲していた部屋に缶ビールの空き缶が増えていった。飲み食い散らかした物のにおいが部屋に充満して、やがて飲み食い散らかした分だけ男は太った。ある晩、ベッドでもう一度試そうとして男のパンツを下した杏子は、自分の手に何の反応も示さない白い肉に埋もれた性器を醜いと思った。そんな挫折のあとで、杏子は女性とばかり付き合うようになった。勃つとか勃たないとか、女同士だと性的な感情が見えにくくてらくだった。濡れなくてもローションをたらせば済んでしまう。触れられるたびに「くすぐったいからやめて」と杏子は身をよじって躱した。そこには女同士の言葉で騙し合う快感があった。

父親は古い映画を観ているらしかった。この角度のせいだ。階段の途中からディスプレイを凝視する父親を見かけるたび、杏子は挫折した異性愛の苦さを何度も舐める。杏子は風呂に入るついでに濡れた水着を手洗いしようと、肩には水泳バッグをかけて、久しぶりに帰った実家の階段を下りた。

瞳子は脱衣所に向かう娘の尻を無意識に追った。それで「あんな大きなお尻」と小声で言った。自分もそうだった、中年に差し掛かる頃から下半身に無駄な肉がつきはじめた。有名な遮光器土偶みたいに腰や尻のあたりがずいっと強調されたような体形になって「肝っ玉母さん」なんて親戚の面々に言われた時はさすがにつらくなった。「母さん」である以上は女なのだろうが、その「女」は、性的魅力を剝ぎ取られた抜け殻、いや、性を失った肉の塊にすぎないと突き付けられる思いがした。悩んだ末にこんにゃくダイエットまでしたけれど効果はなく、もう一生水着なんて着ないのだろうと思うと、瞳子は切なくもなった。今の杏子は子供の頃ほど痩せてはいない。また水泳に通い始めたのだと言って両手いっぱいの回数券を見せられた時には背中にうっすら筋肉が乗って固く引き締まっていた。かつて見た骨の気配は感じられない。

冷蔵庫をあけた。寿司の残りを見て瞳子はため息をつく。自分だけさっさと食事を済ませたあきおがシャリの上からひょいひょいと箸でつまんだネタを引っぺがし、その刺身だけをずいぶん食べた。サーモンだけがちゃんと残っている。脱衣所のほうからシャワーの音がした。

満足に寿司を食べたあきおは、夕方から観始めた古い映画のつづきにとりかかった。こんなに古い作品がインターネット上で観られるのかと、白黒の作品と新しいテクノロジーの出会いに驚く。

ところどころノイズの走る白黒の画面で、俳優に演じられた日本軍兵士がひとり散兵壕に息をひそめていた。泥だらけになってもう何日経っただろう、兵士はポケットを探って隠し持っていた鮭とばを取り出すと目を閉じて嚙みしめ、そして奥歯に挟み込んでぐっと引きちぎった。前線に送られる前に家族から差し入れられたものだったろうが、それはもはや食べ物のようには見えない。「血の味ばかりしやがる」と話しかける相手もないのにセリフを言った。吹き飛ばされた体が蛸壺の周りに散っている。切断された仲間の手が今にも兵士のいる蛸壺の中に這い戻ってきそうな恰好のまま腐りはじめている。

　ハイ、ここで銃撃、というお決まりの展開に、兵士はまた深く穴に潜って身を隠していなければならなくなった。口の中でくちゃくちゃと噛んでいた鮭とばを飲み込む。そうして俺の本当の名前はなんといったっけと、じっと黙っている演技のあいだじゅう考え、灰色の台本に書かれたたくさんの名前をあれでもないこれでもないと掻き分けていくうちついに「そうだ茂だったぞ」と発見する。だが今しばらくは土にまみれたひとりの日本軍兵士でその姓を牛島という、たしかこいつはこの戦闘を切り抜けて生き延びるはずだ、俺とおんなじじゃあないか。白黒の画面の中で兵士が笑いを堪えていたのを映画の鑑賞者は恐怖に慄《おのの》いていると思うに違いない。演技は完璧だったのだ。

「おい杏子、なにシャリばっかり食ってるんだ？」

　あきおが背後の食卓テーブルを振り返ると、風呂上がりの杏子が中途半端にラップを剝いだ皿からリズムよく箸でシャリをつまんでいた。

「お父さんがネタばっかり食べちゃったからこうなってるんでしょうが」

「お、そかそか。サーモンは残しておいたぞ？」

「わたしサーモン好きじゃないし。イクラを残しておいてくれればよかったのに」

　杏子の不満をあきおは軽くあしらい、皿に行儀よく並ぶシャリを見る。サーモンよりイクラがいいと言う自分の子供を面白がって「イクラだと。子供ばっかり好かれやがるな」とあきおは言った。

　それからまたディスプレイに向き直って映画に戻る。あきおの言葉は映画の銃撃戦に飲まれて杏子の耳には届かなかった。

　食事を終えた杏子は椅子から立ち上がり、流しでさっと皿をすすぐ。あきおの丸い背中を甲虫みたいだと思いながら、このひとはフイに似ているのだろうか？　と思った。あきおはたらこ唇をした老人だった。六十歳で定年退職するまで働きづめの仕事人生を送り、そこからやっと解放されたその矢先に今度は口腔癌にやられてあんなに夢見た悠々自適はどこへやらだ。舌はとられずに済んだが、左上顎の大半を丈夫な歯もろとも切除で失って、空気の流れのおかしくなった口の中で声は迷いながらふるえ、飛び出してくると幼児のように舌足らずになってしまう。食事の前には必ず両手を合わせて「いただきましゅ」と言う老人は、時にかわいらしくもあり、けれどディスプレイの前にじっとして白い尻をみていた姿を思い出せば憎たらしくもなる。

「ねぇ、フイさん。あきおはかわいかった？」

　杏子は仏間に行って線香をあげ、自分と同じ顔をした祖母の遺影に話しかける。その日、十一月五日はフイの命日だったが、五十回忌も過ぎているので特に何もしない。見上げた白黒の遺影には、集合写真から切り抜いて加工したような不自然さがあった。亡くなった時にちょうどいい写真がなかったのだろう。和服の胴体と顔のつなぎ目がちぐはぐだった。顔は確かにフイだというから、和服の胴体のほうが別人のもので、それを拙い技術でくっつけて肖像写真に仕立てたようだ。輪郭の線がぼやけている。三十一歳のフイの隣には七十歳の夫がカラー写真におさまっている。その祖父のことは杏子もよく知っていた。じいちゃんはよく小銭をくれて、子供の杏子はそれを「じぇんこ」と言ってよろこんだ。汚れた硬貨を一枚ずつ貯金箱に入れる。貯金箱は鮭を抱えた木彫りの熊だった。ちょうど鮭の口のあたりに切れ目があって、そこから小銭を落とすのだが、まるで鮭が小銭を飲み込んでいくようで面白かった。祖父が悪性リンパ腫で亡くなったのは杏子が高校に入学する直前の三月、春のまだ遠い、寒い朝だった。三途の川って凍ったりしないのかな、もし凍ってしまうなら真冬の死者は舟で渡れない。氷の上を歩くのだろうか、それとも海を渡るのだろうか。海には流氷がある。死者は流氷に乗ってやってくる、と親戚の誰かが言っていたのを杏子は聞き知っていた。骨上げの時、祖父に持たせるのに一緒に焼いた黒焦げの十円玉を一枚、杏子はだれにも気づかれないようにくすねて家に戻ってくると「じぇんこ」とつぶやいて木彫りの熊の貯金箱に落とした。今でもその貯金箱はこの家にあって、持ち上げようとするとかなり重たい。立派な骨ですね、と言われた祖父の骨箱はあんなに軽かったのに、残された貯金箱は重たい。幼い自分が骨箱を抱きかかえている夢をたまにみた。そういう夢をみた日はたいてい流氷が接岸していた。仕事に行くのに通る海岸沿いの道から海を見たある日、一頭の獣が白い氷の上に立ち往生してそのまま沖へ流されようとしていた。遠すぎて見えるはずもないのに、あれはたしかに蝦夷鹿だと思った。

　肖像というものは、じっと見ているうちにどんどん曖昧なものになっていく。眺めながら頭の中を過ぎていく祖父の思い出や蝦夷鹿のいる風景が波のようにうねり、かつて生きたひとの輪郭線をほどいていく。ほどけていくうちに、フイはあきおに似てきた。というか、あきおがまだ若かった頃の顔に重なっていった。それからフイは、どんどんあの、守ってやらなければならなかった少年のあきおに似ていく。血が逆流するように親が子に似てくる。杏子の中にひとりの少女が生まれた。それは月日をすっかりほどいてしまったフイの姿だった。本当のところは誰も知らないフイの幼少期を、杏子はこっそり作り出してしまった。誰もフイの話をしないからこんなことになってしまうのだと仏壇に向き直った杏子は、線香が燃え尽きて完全な灰になるのを待ってから、立ち上がった。それから子供部屋に戻って夢も見ずに深く眠った。

*

冬のはじめの砂浜に、焚火のさびしい音がする。

少年のあきおは、ひび割れた流木を拾い集めていた。どれも自分の小指ほどの太さしかない細い枝ばかりだ。母親の死後、あきおは親戚に預けられることになって、ひとり炭鉱の町を離れたのだったが、もともと船乗りになりたかったので海の近くに暮らせることを喜んだ。砂浜に落ちていた巻貝を手にとって耳にあてると波音がして、その途切れない音があきおの鼓膜を濡らした。ひとつ身震いをすると、あきおは巻貝を海にほうり投げ、冷たい風から身を守るために焚火に手をかざした。

死者は流氷に乗ってやってくる、と茂おじさんは言った。だから熱田島で死んじまったやつも、樺太から引き揚げる時にボカチンくらって沈んじまったやつも、みんなみんな戻って来て、砂浜からあっちこっち帰っていったんだよ、とそんなふうにつづけた。それなら母さんもいつか帰ってくるのだろうか。焚火にくべた小枝がはぜた。時に浜辺には漁網に絡まって骨片が漂着する。動物の骨なのか人間の骨なのかは誰にもわからなかった。戦争の手触りを知っている者だけが灰色の骨片を漁網からはずして握りしめ、てのひらで温めた。それはひとつの弔いだった。あきおの中で流れ着く骨の話はやがて流氷と結ばれて、それで死者は流氷に乗ってやってくるということがわかってきた。八月の盆の風習はあまりこの地に根付かず、あれは内地のものだからと迎え火も送り火も焚くことはない代わりに、凍てつく冬の砂浜で焚火をした。空気は乾燥して火はよく燃えた。

あきおが不死鳥を目撃したのは、フイが亡くなって四十九日も過ぎたある夜明けのころ、冬の砂浜で東の空を振り仰いだ瞬間だった。あきおには予感があった。海に近いところに暮らしていたから、冬になれば接岸した流氷が動物の鳴き声みたいな音を立ててぶつかるのをよくきいた。しかしその夜明けにあきおが耳にしたのは鳴き声ではなくて、何かの足音なのだった。寒さに張りつめた空気をやぶらないように、そ、そ、と動く注意深い足音。流氷の上を何かが歩いてくる、それがあきおの予感だった。

あきおはまだ眠る家の者を起こさないようにそっと戸を押し開けた。陽のにおいがしない風が流氷の上に積もった粉雪を舞い上げて白い渦巻をつくる。あきおの足音も、雪の上に残るはずの足跡も渦巻に飲み込まれて消えた。生活のにおいがしないのは、いつも出しっぱなしになっていた竹箒が片付けられていたからか、あるいは前日までの中途半端な仕事が漁師小屋の奥に仕舞われて見えなかったからだ。空っぽの巻貝のようなところだと、あきおは思った。

予感を確かめるために、あきおは耳を澄ませて足音を探した。巻貝の内側には冷たい水の気配がふくれている。あきおの手の小さな爪がたちまち紫色に変色する。乾燥してひび割れた唇には血の跡がこびりついていた。痛みはもうない。ただ痺れたような厚ぼったさが顔の上にある。それが嘴になった。寒さのために自然に流れた涙を手の甲でぬぐうと、あきおの面影は消えて、そこには一羽の鳥がいた。両翼を広げた姿は、自分自身が何者であるのかを確認しているようだった。嘴で赤黒い羽をつついて汚れたものを毟《むし》ってしまう。それでも羽毛はまだ豊かにあった。白い渦巻のてっぺんを長い首をひねるようにして見上げる。明けの空にはかすかな星がある。あそこまで飛べるだろうか、鳥はすらりと長い両足に力を込めて地面を蹴った。風を捕まえた翼が軽々と大きな体を持ち上げて、そうして鳥は巻貝の中から飛び立つと、やがて東の空のほうへと見えなくなった。

少年は紫色に変色した爪で頰を掻いた。朝は金色の光に包まれている。夜明けまで、ずいぶん長い時間だと思った。沖を眺めると次から次へと接岸してくる流氷の上に一頭の蝦夷鹿がいた。おまえの足音だったのか。蝦夷鹿は流氷に乗ってやってきたようだった。夜のあいだじゅう、黒い流れに乗って動きつづけていたのだろう。その流れに運ばれながら、鹿はひとつ甲高い声で啼いた。そのあとにつづいて、ほーぅ、ほーぅと鳴る霧笛の音は地吹雪のために白くけぶる陸が近いことを教えていた。

鹿の目はまっすぐに少年の姿を見つめる。ずっと探しつづけていたものをようやく見つけたかのように、鹿は迷いなく流氷から流氷へと跳ねて、ひとつ最後に大きな跳躍で砂浜に降り立った。

「芋を持ってきてあげる」

腹をすかしているようには見えなかったが、あのうるんだ目を見ていられず、少年は蝦夷鹿に背を向けると、もつれる足で精いっぱい走った。とにかく物置小屋まで走ろう、たしかあそこに赤い芋がいくつも積んであったからひとつふたつくすねて沖に投げてやればいい。そうしたら鹿は芋を拾いに自分から目を逸らして沖へ戻っていくだろう。動物に見つめられるのを少年ははじめて怖いと思った。見つめられているうちにその動物になり変わってしまいそうだ。自分が自分でなくなることもわからないままに流氷に飛び乗って沖へ流されてしまうのではないか。

少年は物置小屋の前まで来て立ち止まった。結び目の固く引き締まった漁網が積まれている。それを跨ぎ越えて、白い息を吐きながら戸に手をかける。しかし物置小屋の戸は重たい南京錠にぴったり閉ざされていて開かない。渦を巻き始めた風がトタンを鳴らす。その音にまぎれて、動物の足音がきこえる。蝦夷鹿が少年の後をついてきた。さりさり、さりさりと霜柱の立つ地面を毀していく足音だった。その音をきいているだけであの黒い目が思い出される。

少年は物置小屋の戸を強く蹴った。小屋はびくともしなかった。空を振り仰ぐと、輪郭線のくっきりした真っ赤な太陽が昇っていて、その中心から翼を広げた鳥が現れた。灰色をした冬の風を振り払いながら飛ぶ鳥は暗く燃えつづける炎のようだった。

不死鳥を目撃したあとで、どこを通って家へ帰りついたものだったか、長い長い時間のあとではっと夢から覚めたあきおは、昼間の明るい部屋ですっぽりと布団をかぶり眠っていた。尻が痛いのは落とし穴のことで母さんに叱られて竹箒の柄でしたたかに打ち据えられたからか。また寝坊してちっとも起きてこない、とあきおをなじる母さんが竹箒を持って庭に出ているような、けれどそれは遠い昔の気配にすぎないのだと、重たい体をひねってひとつ寝返りを打った老人は知っている。ここは少年時代を過ごした古い家ではなくて、自分が働き盛りの頃に建てた新興住宅街の一軒家だった。昨夜《ゆうべ》泊まっていった娘がいつまでも起きてこない父親に呆れてもう帰るわと、玄関で話すのがきこえる。まもなく大きすぎる車のエンジン音がきこえたかと思うと、すぐに遠ざかった。

壁ひとつ隔てた隣が子供部屋で、そこには一人娘の成長が詰め込まれていた。今はもうほとんど使われていない。自分の趣味部屋として使おうと、ある日あきおが丸いドアノブを回して部屋に踏み込むと、雑然と積み重なった多くの物が崩れて、南向きの窓から入り込む光の筋に沿って埃が舞った。古い漫画の単行本がなだれてくる。擬人化された動物のミニチュアと彼らの家具が紙製の破れたおもちゃ箱からこぼれている。杏子がほんの小さな子供の頃に買い与えたおもちゃの数々。それから破れたビニール袋や空っぽになったスプレー容器まで床に散乱していた。毛足の長いぬいぐるみに埃が絡まっている。小さな揺りかごが、フローリングの上に音も立てないで揺れるのを拾い上げて、学習机の端に置いた。帰ってくるたびにここで眠る娘はその都度足の踏み場もない部屋のどこかにぽっかり現在の場所を作り出しているらしかった。杏子は子供の頃から片付けのできない子供で、その時大切なものは見えるところにおいておかなければ気が済まなかったので、枕元にはいつも複数のぬいぐるみが埃をかぶっていた。飽きてしまったおもちゃもそのままにして、その上に別のものを置いていくから自然と積み重なっていく。「さおちゃんのおうちは何でもママが勝手に捨てちゃうんですって」と妻は自分の子供に対してそんなひどいことはしないと、甘ったれた声で得意げに言っていたが、その結果がこの部屋ならばやはり育て方を誤ったに違いない。ところが杏子はそんな部屋の散らかり具合を気に留めることもなく、崩れたおもちゃや大量の本を跳び越えて部屋を出ていく。音も立てない。今朝だってそうだ、あきおは杏子が起き出したのを知らない。

がらくたを跳び越える娘が鹿になる。あきおは両手を自分の頭にやって、角が生えていないか確かめた。指先にあるのは汗ばんだ禿げだけだった。自分は鹿ではない。「この家には鹿が紛れ込んでいるよ」と通夜の席できいた老婆の声がよみがえるたびに、あきおはかつて起こした事故を思い出す。あの事故のせいで、娘にさかしい蝦夷鹿が取り憑いてしまったのではないか。

あきおの運転するマニュアルの日産車は速度をゆるめることなく北に向かって走っていた。五歳ほどだった杏子は助手席におとなしく座って窓の外を眺めていた。跨線橋の下に夕陽が沈んでいく。広がる原野で鹿の群れが草を食んでいた。杏子は「しかー」と発音して、にっと笑う。きゅっと上がる産毛の生えた頰に黄色い光が当たっていた。目的地はあきおが子供時代に暮らした旧家だ。かつて炭鉱で栄えた町は、産業の終焉とともに賑わいを失い、それでもまだ土地にしがみつく者たちが、小さなスーパーマーケットがただ一軒あるだけの僻地暮らしを守っていた。最後に訪れたのは二年前かと車を運転しながらあきおは考えていた。その時あきおの老父は築半世紀を過ぎた薄暗い家屋の隅でネオンテトラを飼っていて、その水槽の周りばかりが場違いに白く明るかった。

「すまんな」

二年前、骸骨が喋ったようなぎこちなさで老父が言った。何に対しての謝罪だったのか、あきおにはついにわからなかった。いつかはやらなければいけないと思っていた旧家の片付けと取り壊しの手間に対してか、母親が亡くなってからあきおがこの家を出されたことに対してなのか。思えばこの時が、家を出されてからはじめての帰省だった。庭だった場所はアスファルトになっていて、かつて鶏がわざとらしくゆっくり歩いていた、そこだけ色の違う地面はもう残っていなかった。傾いた木造家屋の中は暗く、ネオンテトラの水槽以外の場所はたくさんの物が積み上げられていた。昔テレビで放送された「おしん」の録画がみんな揃っているぞ、と何十本もあるＶＨＳの山を見せられたが、あきおには興味がなかったし、そもそもＶＨＳデッキが壊れてから買いかえなかったあきおの家では再生することができなかった。ダルマストーブの周りに絨毯を焼いた丸い焦げ跡がいくつもあって、そばにしゃがみこんだ杏子はその丸をひとつふたつと覚えたばかりの数字を声に出して数えていた。

結局、片付けに二年かけてようやく気が済んだ老父を自分のところに引き取るのに、あきおは車を走らせていたのだ。杏子を連れてきたのはあの白い光の水槽を見たがったからだった。あの魚もうちで引き取ることになるのだろうとあきおは思った。

「おとうさん」と娘が助手席から父親を呼んだ時、遠くで赤信号が青に変わった。あきおはろくに返事もしないでアクセルを踏み込んで加速した。

「じいちゃんのおくさんは、なんで死んじゃったの？」

辺りにはこの父子の車以外、走っていない。民家もなく、歩行者ひとりいない。数十キロメートルに一軒、長距離トラックのドライバーを商売相手にするコンビニがあるかないかという長い道のりだった。路肩の縁石があちこち割れているのは、真冬に雪を掻きながら進む除雪車がえぐっていくせいだ。道路の両端にはたいてい笹藪に始まる浅い林が広がっていて、その奥に暗い森があった。じいちゃんのおくさん、という娘の言葉にあきおはいつも引っかかる。「それはね、ばあちゃんって言うんだよ」と諭しても、杏子にはわからないらしかった。おばあちゃんというものは、もっとしわくちゃでなければならない。杏子にとってフイはあくまで遺影でしか知らない若い女の人だった。

ゆるいカーヴがきて、西日がフロントガラスを照らした。眩しさに目を細めると鈍い衝撃に車体がゆれ、ハンドルの操作が利かなくなった。道路の窪みにタイヤが捕まったような振動だった。それに何かを引きずっているような異様な重さがある。まるでこのまま暗い森に吸い込まれていくような予感にぞっとしながら笹藪を見ると、目を丸く見開いたきつねがいた。いや、本当にきつねだったか。足が短く太い胴で這って動きそうな生き物だった。顔はつんと尖っていたが耳はなかったかもしれない。バックミラーを覗くと、笹藪にはもう何もいなかった。後続車両もなかったので急ブレーキを踏んで路肩に車を停めた。車外へ出ると、夕陽のせいであたり一面が黄色く見えた。群生する背の高い植物の穂先が風にゆれて、夕陽を広げるように風景を黄色く塗っている。車のまわりを一周して、自分が轢いたのは小柄な牝鹿だとわかった。もう息はないのにまん丸に見開かれた黒目は夕陽と、からすが飛び立ったあとの電線が撓むのを映していた。あきおは捩《ねじ》れたナンバープレートに硬い獣毛がこびりついているのを見おろして、

「俺、不死鳥をみたんだよ」

とつぶやいた。本当は少年の頃に誰かにきいてもらいたかった。言えなかった言葉が今更出てきた。笹藪の中を何かが動いていた。さっきのきつねかもしれなかったが、大きな葉の作り出す仄暗い陰の中は誰にもわからない。ポケットから携帯電話を取り出して保険会社に電話をかけた。事故の後始末は保険会社が手配したあれこれがやってくれたはずだった。つつがなく処理されるものはあっという間に忘れられる。いつの間にか勝手に助手席からおりていた杏子が牝鹿の顔を覗き込むように身をかがめていた。そのことだけがあきおの気がかりとして残った。

あきおは布団に潜り込んで目をつぶった。いつまでも起きてこない駄々っ子のような頑なさで昼過ぎまで閉じこもろうとしている。

あの事故の日にだいぶ遅くなってから到着した旧家の暗がりには、生き物のいない水槽が人工の光をあふれさせ、ろ過装置によって回る水の中にゴムでできた魚のおもちゃがひとつ浮かんでいた。

「ネオンテトラな、みんな死んじゃった」

老父は悪びれもせずに言った。「水槽が壊れちゃったんだよ、ヒーターがおかしくなって、みんな茹で上がっちゃった」

なんていい加減な親だろう。父親はいつまで経っても起きてこなかった。寝坊にもほどがある。このまま待っていても仕方ないので杏子は挨拶もしないで帰ってしまうことにしてランクルの高い運転席によじ登った。自動車の良いところは動かそうと決めたその時から、たいてい目的地が決まっていること。迷いはなく、寄り道もない。駐車場から別の駐車場へと規則正しく流れる車道では迷う余地もない。杏子はそう思っている。エンジンをかけてすぐに発進した。

その日は休日だったのに、杏子は仕事場である資料館に向かう。休館日の出勤は来館者用の駐車場を使っても良いことになっているので、入口正面に堂々と車を停める。

おはようございまーす、と小声で初代館長の胸像に挨拶をする。本人に似ているのか似ていないのか、今となってはもうわからないこの像は、杏子が知る限り二十年以上ここにあって、季節が変わるたびに近くの高校に通う学生がいたずらをしにやって来る。特に冬は傑作で、しばしば胸像は雪だるまになる。頭にみかんが乗せられて雪だるまから鏡餅に変身したこともあった。方向性はどうあれ、愛されているなぁと杏子は胸像を羨む。青みがかった像は何も言うことなくされるがままに二十年以上ここにあって、そのうちの一日にこうして杏子に羨まれている。よく見ればしわの多い顔をしていた。

二週間ほど前に町の住人から問い合わせがあった。電話の相手は地元の彫刻家だと名乗ったあとで、貴館には創立当初に寄贈されたウィルタの骨偶があるはずだ、ぜひともそれを見せていただきたいのだが、と用件を言った。資料館の創立当初と言えばもう半世紀ほど経っている。もちろん収蔵品の目録はあるので調べればあるかどうかくらいはすぐにわかるはずだが、膨大な資料の中から果たしてそのきいたこともないような物が見つかるだろうかと杏子は不安に思った。骨偶というのは動物の骨で作られた彫像で、この辺りではオホーツク文化の出土遺物として見かけることが多かった。前に杏子が見たのは熊の頭部から胸部までの姿を彫り出した小さな彫像だった。てのひらにすっぽり包み込んでしまえる大きさだったので、お守りみたいなものだと想像した。よくできた熊の彫像には神様が宿っていると杏子は思う。温泉街の土産物屋に売られている一個千円の木彫りであっても、野生の熊が纏う重々しい威光が乗り移るかのように、どれも強く誇り高く見える。

「差支えなければで結構なんですけど、どういった作品をおつくりになっているのですか?」

単に自分自身の好奇心から、杏子は電話の相手に尋ねた。

「いろいろだがね、たいていは羆を彫ってる。木彫りですよ、シャケを銜えたあの。だがたまには神様みてぇのも彫りたくなってね、あるときゃ大きな鳥、またあるときゃ人間に似た姿、見たこともねぇ動物かもしらんし、羆の姿をしていることもある、神様がどんな姿をしているかなんてわかりゃしねぇだろうが、とにかくあのウィルタの骨偶な、あれを久しぶりに見たいんだよ」

久しぶりに、という言葉から相手の年齢を推し量る。足の踏み場もないほどに散らかった収蔵庫に何十年も眠っているものを見たことのある人。杏子は電話を切ってからもしばらく固定電話の受話器を撫でていた。ウィルタの骨偶とはどんな手触りなのだろう。

依頼があってから杏子は連日収蔵庫を探し回った。そして数日後の昼前に親指ほどの彫像を見つけた。杏子が休館日に出勤したこの日、依頼者である彫刻家が資料館へやって来ることになっていた。

まん丸にした目と、閉じるのも忘れて横に細くあいたままの口をしていた。その表情は驚いているようにも、長い眠りを脅かした者を威嚇しているようにも見えた。全体が長方形をしていて、四角い頭の乗った胴体には大きなへそと、垂れ下がった乳房が線刻されている。体の横にぴったりつけた腕から指先まで深く彫られていた。細すぎる足でなんとか立てるか、倒して壊してしまっては大変だからやはり支えが必要か、そういう彫像がひとつ、杏子と彫刻家とその助手らしき男の前にある。杏子が推察したように彫刻家はやはりずいぶん年をとっていて、ひとりで立っているのも難儀そうではあったが、それでも強く握られた手に浮かび上がる骨には彫刻家の所作を支えるほどの力が感じられた。あの手が彫刻刀を持って毎日ひたむきに、ひと筋ひと筋と彫痕を刻んで動物を生み出しているのだ。

「ウィルタの骨偶、ですね」

杏子は応接室のテーブルに乗った彫像に手を伸べるようにして示した。収蔵品の一覧にはただ品名に骨偶、備考にウィルタ、出土地不明とだけ記載されていた。出土地不明とあるからには、正式な発掘調査の出土品ではなくて、誰かのコレクションが寄贈されたもののようだ。具体的に調査されることはこれまでなかったらしく、今日まで薄暗い倉庫の奥に埋もれていた。手を触れても大丈夫ですよ、と杏子が教えると助手にうながされて、老いた彫刻家はその彫像をてのひらの窪みに乗せた。線刻のひとつひとつを懐かしむように撫でると、しわだらけの手に優しく握り込んだ。それがこの骨偶と対話する正しいやり方だと言わんばかりの自信と、自分だけが目まぐるしく変化する世の中のざわめきから、骨偶の声を聞き分けることができるのだという確信が目を閉じた彫刻家の表情からにじんでいた。老彫刻家はこの骨偶をよく知っていた。線刻を撫でている時に細く開いた唇がかすかにふるえ、それは「ナプカ」と発音しているように見えた。音にならない名前をきいてしまったことを杏子は不思議に思うのと同時に、その音がすでに自分の中にあったこともわかっていた。ユジノサハリンスクの博物館から数日前に古い写真が届いた。白黒の写真にはひとりの少女が写っていて、それを見た杏子は動揺を隠すのが精いっぱいだった。写真の少女が自分と、より正確に言えば子供の頃の自分と同じ顔をしている。ひっくり返すと裏側にかすれた筆跡でアルファベットが記されていて、それは「ナプカ」と読めた。

「これがなんの骨でできているか知っているか？」

目を閉じたまま老彫刻家が言った。はじめ黙って首を振ったが老彫刻家が目を閉じたままなのに気がついて、杏子は「いいえ」と声に出した。自分で思うよりも高くてきれいな声が出た。

「人間だよ、死者は流氷に乗ってやって来るんだ」

外では冬の冷たい風が吹き始めていた。このままいけば今夜の雨予報は雪に変わるかもしれない。初雪が降ればこの風の強い町は白い渦巻に飲み込まれる。そんな夜にナプカの声がきこえるのかもしれない、と杏子がそう思った次の瞬間には、自分と同じ顔をした遺影の祖母が笑いながら脳裡を駆けてゆく。杏子は目を閉じてその姿をもっと見たいと思った。雪の夜はからっぽの巻貝の内側だった。降る雪のせいで視界が狭まるから空が小さく見えるのだ。波の音と霧笛の音、沖から来る死者たちの気配に身構える。地吹雪の中にひとつだけ消えることなく燃える火を見た。

誰かが焚火をしている。寒かった、あの火にあたって温まりたいと杏子は両腕で自分の体を抱いて、焚火のほうへ歩き出す。いつの間にか足首まで雪が積もっていて、その中へ片方ずつ足を埋めるように歩いていく。焚火はまるで憧れのようにいつまでも遠い。暗く燃える炎にナプカは宿る。小さな空から翼のように腕を広げて、ナプカが降りてくる。そして杏子を包むように覆いかぶさる。「ナプカ、ナプカ」と杏子は呼んだ。「私の代でこの家は、あなたの血は、途絶えるよ。それでもあなたは死なないで生き続けるの？　ナプカ」

眠ってはいなかったはずなのにみた短い夢が消えていった。杏子が目をあけた時、老彫刻家はてのひらの中の骨偶をまだ撫でていた。誰かを弔っている、この彫刻家は弔いのために彫り続けてきたのではないか。杏子は電話を受けてから数日のうちにこの彫刻家のことをいくらか調べた。今では梟や、鮭を銜えた羆といった動物の木彫や、シンフォニーを奏でるミニチュア楽団のブロンズ像が有名だったが、それ以前は女の像ばかり彫っていた。プールのある総合体育館の前にあるあの、マントの女もこの彫刻家の作品だった。

「しげ爺さん、あんまり人を怖がらせないほうがいいよ、ウィルタの骨偶だって、せっかく見せてもらえたのに」

助手の男がそう言ったのに、しげ爺さんと呼ばれた彫刻家は声をあげて笑い静けさを破った。

「人骨というのはまぁ冗談だけれどね。鹿の角かな、鯨の歯かな」と言って冗談っぽく笑った。

「でもね、戦後まもなくはよく沖のほうから人の骨が流れてきたものだよ」

「ウィルタ、もうこの国にはいないことになっている北の民族ですよね、今ではサハリンのポロナイスクのあたりにいらっしゃるようですけど」ナプカ、という名前が出かかって杏子は慌てて言葉を飲みこんだ。

幼かったフイはいつも彫刻をしている兄の背中をみつめていた。兄は彫刻に熱中すると、フイが近くで何をしていようと気にならないらしかった。

「見ろ、ナプカ。鹿の角のいいやつを父さんがくれたんだ」

ずっとひとりっ子だったフイに今こうして兄がいるのは、彼女がもらわれっ子だったからで、新しい家族には祖母と父母と、そしてこの兄がいた。この家で彼女は「ナプカ」ではなくなった。だから兄が「ナプカ」と呼ぶたびにゆっくり首を横に振って「フイ」と言い直す。まだ馴染まない名前に自らをひたしていくように「フイ」とゆっくり発音する。

敷香という大きな町ができていくのをかつてのフイ、つまりナプカはウィルタの一族の者と遠くから見ていた。はじめ森の浅いところに暮らしていたが、ある年の冬からたくさんの橇《そり》が来るようになって、切り倒したトドマツを運び出していくようになったのでその場所を離れた。草葦《くさよし》の原に新しく小さな家を建てて一族はそこで暮らすことにした。まだ幼かったナプカに詳しい事情はわからなかったが、とにかく森の浅いところにいた動物の多くが移っていくのだから自分たちもそうなのだろうと思っていた。オタスへ渡ったはずの母はどこかへ姿をくらませてしまったし、父は戦争に行ったので、ナプカは叔母に手を引かれていた。

大きな山火事があった日、ナプカは両腕を広げ、渦巻く風を摑もうとしていた。もっと身軽に土地を移動していくために渡り鳥になればいい。その日遅くなってもなかなか家に帰らないで、風を摑む練習をつづけた。細い腕に羽なんかなかったけれど、飛ぼうとしつづけることではじめは産毛のような、やがてもっとしなやかで強い羽が生えるのだと信じていた。広げた両腕を羽ばたくように振りつづける、そんな努力の果てにナプカの手は熱い風の流れを摑んだ。恐れもしないで、ナプカは風上へと駆けて、そうして森が焼けていくのを見た。乾燥して割れた樹皮に火の粉が飛ぶとたちまち高い火柱になって、唸り声のような低い音を立てて倒れた。「危ないぞ」と殺気立った男がナプカの体を抱えて走った。それが誰かなどと考える余裕はなかった。逃げても逃げても暗い炎が追ってくる一夜は草葦の原まで広く飲み込んで、そうしてウィルタの一族はどこへ行ったのかわからなくなった。焼け跡の黒い土を前足で掘り返しては、地中深くの草の根をみつけて食べる、そんなトナカイが数頭戻ってきた朝から、ナプカの名はフイと改められて養父母と老婆とそして兄のいる家の一員になったのだ。「日本人《シシャ》が火をつけた」と怒鳴る声に耳を塞いだフイの肩を、兄はかばうようにして自分のほうへ抱き寄せた。

新しい暮らしの中でフイは鳥になるのをあきらめ、もとの名前も忘れてしまおうと決めた。ナプカはすっかり焼けて灰になってしまったのだ、とフイは考える。けれども兄だけは鬱陶しいくらいにいつも「ナプカ」と呼ぶ。「見ろ、ナプカ。鹿の角のいいやつを父さんがくれたんだ」

兄は朝早くから家のことをなんにも手伝わないで鹿角を彫ろうとしていた。とても硬い物なので上手くいかず、少しも刃は入っていかない。小刀の柄を石で叩いてみても傷一つつかない鹿角を陽に翳《かざ》して、「鹿ってこんな強い武器を持ってたのか」と畏怖する。そんな兄の手からフイは小刀と鹿角を取り上げると、いとも簡単に線刻を施してみせた。フイの手にかかると鹿角の表面がまるでやわらかい粘土のようになる。「え？　なんでなんで？　どうやったの？」と兄は不思議そうにフイを見つめた。フイは何も教えてはやらないで川のほうへ跳ねるように逃げた。兄は追いかけることはしないで遠く離れて小さな黒い影に変わる妹を見送った。それからフイが置いていった小刀と鹿角をもう一度手に取ってみると不思議なことに刃先はひっかかりもなく鹿角に入った。それからひとりで彫り続けると、やがて一体の彫像が出来上がった。

「こんなのができたぞナプカ。垂れ乳のばあさんみたいだ」

夕餉の時、兄は家族の前で親指ほどの大きさをしたその彫像を取り出してみせた。

「私はそんなに四角くないよ」と、彫像と自分は似てなんかいないと主張する祖母は目をまん丸にして子供を叱る。「また茂が悪さした」と小言を連ねる祖母の表情と兄の彫像を見比べたフイは、ふうっと息をつくように笑った。

老彫刻家は手をひらいてウィルタの骨偶を逃がすように、とんとテーブルの上に置いた。すずしい音がした。骨偶の表情は驚いているようにも、敵を威嚇しているようにも見えた。神様の彫像なのだろうか、と杏子は骨偶を見る。四角い胴体に四角い頭が乗っている。頭が大きくて、今にも前のめりに転げそうだ。どのくらい神様に似ているのだろう。

「それにしてもこの像な、お前の彫る子熊に似てないか？　このまん丸の目なんか特に」

老彫刻家が言うと、ちょうど骨偶の表情を真似してみようと目をまん丸にみひらいて細く口を

あけていた助手の男は、
「へそは彫らんですよ」と言った。

＊

ナプカ。青い水の中で杏子が口にすると、その名はたちまち泡になった。水の中では音にもならない、形のない名前。何度形を作ろうと息を吐いても空気の泡が浮かぶばかりで、ついに吐く息がなくなった杏子はプールの底に足を着いた。あの彫刻家が資料館にやって来てから三週間が過ぎた。十一月も終わりのこの日、温水プールは今年度の営業を終了する。次に開館するのは四月の終わりか五月のはじめ頃のはずだ。あたたかくなるまでこの青い水に触れることができなくなるのがさみしくて、杏子は仕事の帰りにプールに寄った。急に行きたくなる日に備えて、ランクルの助手席には水泳バッグが置いてあった。

五十メートルを三セット、たっぷり泳ぎ切っていつもならさっさと水から上がるのに、今日はなんだかもう少し遊んでいたかった。最後の日だから特にそう思うのだろう。水にもぐって背を丸めて膝を抱え込んでいるうち、杏子はナプカを抱きしめているような気持ちになる。

杏子は資料館宛てに一通の郵便が届いたことを思い出す。ユジノサハリンスクからだった。送り主がそうと知れたのは、博物館のロゴの入った封筒で届いたからで、誰もキリル文字なんか読めなかった。近くに大学があって、そこのロシア文学の教授に翻訳を依頼するまで得体の知れない郵便だった。外国からこうして郵便が届くということ自体、杏子には興味深いことだったので、最初にこの郵便に触れたのも、トドの牙でできたペーパーナイフで封を切ったのも彼女だった。中にはキリル文字のびっしり印字された紙と、ひとりの少女の写った古い写真が入っていた。博物館公式の封筒だというのに紙質が悪くて、手書きで宛名を書いたならすぐにボールペンの先が引っかかり丸い染みができるだろう。封筒にも便箋にも、どこにも手書きのキリル文字はなくて、なんだか機械の言葉みたいだ。ユジノサハリンスクはサハリンの州都で大きな街だときいたことがあった。だから街にきこえてくる音を文字にしたらきっとこんなふうになる、と杏子は耳を澄ませるみたいに手紙の文字に見入った。

車高の低い、灰色の車が左から右へ通って行くような、紙の上は文字の大通りだった。歩道の縁石に乗ってスニーカーの爪先を車道のほうにはみ出させる。バランスをとりながら、行き交う車をみた。文字と文字の切れ目をみつけて白い空白を結べばそれが横断歩道になって、車道を渡れる。古いビルを見上げるとサハリン—サッポロと日本語の表記が残っていた。寒さのせいで鼻頭を赤くした人々が道を渡っていくのに紛れ込むようにして、いつしか杏子も外国の街を歩いていた。

狐の毛皮でできた手袋をしてくればよかったと後悔したけれどもう遅く、指先がかじかんで、仕事で山積みの書類をめくりつづけたあとみたいに感覚がなくなる。厳冬は物の形がわからなくなる。角ばった物もなめらかな曲面をもつ物もみな一様にただの表面でしかなくなって、その物の持つ意味が見えないところへ隠されてしまう。自分の足が地面を踏みしめているかどうかも怪しくなる。だけれど、杏子の目の前で風景はうつろっていく。

ミーラ大通りに沿って、カステラみたいな集合住宅がいくつも建っていた。赤や青の屋根がきらめいて合図を送ってくる。今なら渡って来てもいいよとか駄目だよとか、信号みたいなきらめきにつられて杏子は道を渡る。広場のようなところへ出ると、ソ連の巨匠彫刻家の作品が鳩と戯れていた。レーニンの彫像だった。鳩も彫像も寒がってはいなかった。それを横目に杏子はどんどん歩く。そういえば博物館はどこにあるのだろうと思って見回しても結局わからなかった。博物館の住所だけは見ていたはずなのに探し出すことができない。わき見ばかりしていたせいで、爪先がアスファルトのひび割れに引っかかって躓いた。危ういところで転ばずに済んでひとまずほっとした杏子は、苦く思いながらもそのひび割れを辿ることにする。こういうひび割れはたびたび起こる地震に由来するものだと思う。しばらく行くと、今はもう使われていないらしい石造りの駅舎に着いた。町と町を結ぶ鉄道がいつの頃からか寸断されて、汽車の来ない赤茶けた線路が取り残されている。それでここから先は、この線路を道しるべにしようと決める。あたりに誰もいないのを確かめてからホームを下り、線路の上を歩く。急勾配の三角屋根をしたダーチャをいくつも通り過ぎる。誰もいなかった。時々、鹿らしき動物の黒い影がダーチャの敷地を横切って建物の陰に隠れた。

文字と文字の間の白いところだけを進む視線の旅は、廃線となった線路がかつては遠い町と町を繋いでいたことを思っているうちにユジノサハリンスクをはみ出す。広い空白が突然目の前に現れる。海だ、と杏子は思った。するとそこは港になった。かつて多くの日本人が渡った海を杏子は目にする。埃っぽい色をした群衆が風呂敷包みを抱え、おびえたように縮こまって乗船する順番を待っていた。列からはみ出した小さな女の子は泣きながらしきりに、置いてきた犬の思い出を喋っていた。出航したばかりの貨物船が沖の水平線ににじみながら息を吐くように細い汽笛を鳴らした。濃い霧のために海は白色をしていた。白鳥が舞い降りて二度三度ふるわせた翼を畳んでそっと風を抱く。杏子は冷え切った手で目をこすった。

「あそこに白鳥がいるよ」と、頬を涙の痕で濡らした女の子が叫んだ。応えようとして、杏子の口から白鳥の啼き声みたいな音が出た。ナアアアと長く伸びた声が着地する時に、ごく小さな破裂音をともなって消える。春になれば北へと帰っていく、渡りの風に乗る白鳥が気持ちよさそうに啼く声だった。杏子は何度も細い喉をふるわせて啼いた。そのまま女の子のほうへゆっくり近づいて行ったつもりが足の下は白い海で、落ちながら最後にもうひとつ啼いた。

便箋の下に広がっていた空白に、杏子の視線はようやくたどり着いた。辺りにはもう機械みたいなキリル文字はない。大きな余白を指でなぞった。

「もしかして、読めてた？」

恐る恐る尋ねてくる同僚に、杏子は笑いながら「ぜんぜん」と言った。後日、翻訳された手紙が戻ってくると、そこには当然ながら杏子の視線が追ってきたようなことは何ひとつ書かれてはいなかった。決まりきった挨拶の言葉と、そこから急に飛び立つような性急さで同封されていた写真のことが書かれていた。ポロナイスクの民具収集家がみつけた写真で、その人物が調べたところによると写真の子供は戦後サハリンから日本へ渡ったようだという。本人か身寄りへこの写真を返してはくれないだろうかというのが、おおまかな手紙の内容であったが、この資料館にその人物を探し出すすべはなかった。はじめから手詰まりであることがわかっていたから、誰も進んで写真には手を出さなかったし間もなく忘れてしまったようだった。それで杏子は何の躊躇いもなく写真を手に入れて時々てのひらに広げると、自分と同じ顔をしたその子供に向かってナプカ、と呼びかけた。

その年最後の遊泳を終えると、杏子はプールの青い水から上がって伸びをした。心臓が痛いくらい強く打っている。そのたびに全身に送り出される血が、火照った体の隅々まで行き渡る。濡れた足がプールサイドに足跡をつけていた。土踏まずのところだけ空白になる人間の足跡はおもしろい。外側になだらかに湾曲した形は他の動物とは違っていて、杏子は自分自身まぎれもなく人間なんだと思った。泳いでいるうちは人間の形を忘れているし水中では言葉の輪郭もほどけるけれど、こうして後ろに残るのは人間の足跡だった。プールの青い水はさざ波ひとつ浮かべず冬の平原のように広がり、スピーカーからはボリュームを絞った音楽が流れている。プールには誰もいなくて、杏子がこの年最後の来館者になるのはほぼ間違いない。高い窓から見える外はすっかり暗く、そばにかかる文字盤の大きな時計の針は閉館十五分前をさしている。着替えて、髪を乾かす間もなく外に出ることになりそうだ。あまりに寒そうで、ついぶるぶるっとふるえた体を、小さく折りたたむ。今年のプールの閉館日が今日であるのは正しい。これ以上、冬のただなかで営業しても寒さが堪えるだけだ。強く打つ心臓に手を当てた。心臓がきゅっと縮こまった筋肉に血液を行き渡らせるイメージは誰かの手を思わせる。その誰かは心臓を握りしめて杏子の全身に北方の血を漲《みなぎ》らせる。

白い内腿をつーとひと筋の血が垂れた。しまった、そろそろきてもおかしくないと思っていた。未受精の卵を巻き込んで子宮の壁がくずれる。ぬるい線が落ちていくのを手でおさえると、堰《せ》き止められた血が赤黒く指の形をなぞる。切りすぎた爪の内側にまで入り込んで滲む。子宮で命を握りつぶした、と杏子は感じてそれが毎月かすかな痛みの端緒となる。母親という存在は永遠の謎をはらんでいて、それは同時に娘でもあり、母から娘へ娘から母へと変転しながらも血のひと筋で時を繋いでいる。自分と同じ顔をした遺影の女の気配に触れた。ぬるぬると血に汚れる肌を撫でているうちにそのひとの面影をみた。厚い毛皮のマントをかぶった背の高い女が杏子の中にいた。影のように杏子に合わさっていたのが、すぅっと離れてプールの水面に現れた。冬の平原に似たその場所に立って、ふたりは向かい合わせになる。

「もうまもなく夜が来ますから」

女は杏子の顔も見ずに言った。「ここの夜は血も凍るほどに寒いですからね、気をつけて」

「あなたはナプカ？」

女はうすく笑うと、白い息を吐いた。瞬く間に凍ってきらきらと欠片になった息が、杏子の裸足に降りそそぐ。

「もしも私がナプカならあなたには北方の、ウィルタの血が流れていることになるわ」

「でも、それも私の代で途絶えてしまうから」杏子は言った。下腹部が鈍く痛むのは寒さのせいではきっとない。

「だれだっていつかは消えてしまうもの」

強い風が吹いた。プールの水面が波立つ。地吹雪が起こったかのように目の前が真っ白になって、杏子の目には何も見えなくなった。親に置いていかれるのを恐れる子供みたいに「ナプカ！ナプカ！」と繰り返し叫んだ。凍原の固い大地をあてどなくさまよっていなくなったひとを探している子供のようだ。けれど杏子の足取りは、同じ場所をぐるぐる回る足跡になるばかり。ようやく視界がひらけても、そこにはもう女の姿はなく、杏子はひとり白色の照明が作り出すうすい影を踏んで立ち尽くしていた。

とめどなく太腿をつたうのを抑えきれなくて、杏子の指の間からプールサイドに経血が落ちた。足の裏で丸い血の染みをこすって薄くする。それから更衣室に戻って手早く着替えを済ませると、濡れた水着を抛りこんだビニール袋の口をぎゅっと縛った。駐車場で杏子のランクルがエンジンを冷え切らせて待っている。よくあたためてあげてから走り出そう。車は血の凍る夜から自分を守ってくれるのだから。

ユジノサハリンスクの博物館から届いた写真の、あの娘は杏子と同じ顔をしている。今はもういない子供、ポロナイスクにかつて暮らしたウィルタ族の娘。でも、あのひとはあんまりうつくしすぎて、わたしには似ていなかったな、と杏子は自分から浮かび上がってきた女と向かい合うという奇妙な出来事を当たり前に飲み込んで、さらにその女の容姿をあれこれ思い返す。やっぱり自分の想像は好きなひとの面影ばかり反映してしまう、ねぇシマちゃん。杏子は大好きだった先輩学芸員シマちゃんの顔を思い浮かべていた。ナプカには仰々しく先祖だなんて言われるよりもすぐ隣にいつもいてくれる恋人であってほしい。親という存在になりそうもない杏子は更衣室でバスタオルにくるまって手早く水着を脱ぐ時に、大人になってもあまりふくらまなかった乳房を骨ばった指で突いた。

写真が届いたからにはいつかサハリンへ渡って、かつて敷香と呼ばれた街の跡を歩きたい。杏子はそう思った。たとえその場所がかつての面影をすっかり失っていたとしても、顔のそっくりな祖母のフイになって歩けば、それからナプカになって両腕を広げ風を摑んで走り出せば、自分が生きるはずのない時間や場所にまで飛び立てるかもしれない。それは傲慢な変身だろうか。そうだとしても、凍原を駆けて白い息を吐き、トナカイを追いかけながら大きな声で思いきり、いなくなったひとたちの名前を呼びたい。

＊

いつしかすっかり自分のものになった名前を竹箒と握りしめて、フイは藪の中の生き物に対峙していた。あきおを守るために戦わなければならない、そうでありながら、すでに戦う必要もないことに薄々気がついていた。藪の中を動くものはとても小さい。

あきおは自分には似ていないな、とフイは思った。落とし穴を掘って母を嵌《は》めるなんて悪さを自分がするものかと思いつつ、そういうことをしでかすのはいつも兄だった、とつい昔を懐かしんでしまう。兄は木彫りがとても上手でよく子熊を彫っていた。ひとつ完成するたび陽向《ひなた》の作業台にとんと置かれた子熊の表情にはみんな神様みたいな厳かさがあった。そのうちの一頭の目をフイはとても愛していた。まん丸の目はオンコの木をくりぬいただけの深い穴だったのに、何か珍しいものでもみつけたかのように、いっぱいの好奇心に満たされていた。

「水たまりみたいな目だね」

フイが彫刻の感想を言うと兄はにっこり笑って作業台の上の子熊をてのひらに寝かせて空に向ける。冬の一日だった。太平洋と隣り合っているこの土地は、夏より冬のほうがよく晴れて、雲一つない澄んだ空が広がっている。兄のてのひらの中で見上げる空の青さを、子熊の目が映していた。空中を冬の光が跳ねていく。生き物の吐く息が凍って散るところに、太陽が乱反射するのだ。

「手袋をはいたほうがいいよ」

小刀を持つ兄の手だってかじかんで赤くなってしまっているのに、自分はもう一頭子熊を彫るのだと言って手袋をつけず、ポケットから引っ張り出したのをフイに投げて寄越した。狐の毛皮がフイの肌にきゅっと寄り付いてくる。

「いつか女の人の像を彫ってみたいけど、今の俺が彫ってもきっとうまくいかなくて、みんな化け物みたいになっちゃうと思うんだ」

確かに兄の彫る子熊の座像は、このあたりの山奥にいる羆を模したようではなかった。本物の子熊に少しも似ていない。それなのにフイにはちゃんと子熊に見えた。

「マントみたいに神様を着てるんじゃないの？　兄さんの子熊は」

真面目に言ったつもりだったのに兄があんまり大きな声で笑うのでフイは恥ずかしくなって、手袋をはめた両手に顔をうずめた。そんな妹の姿を見ながら茂はてのひらの子熊を台の上へとんと置くと、途中になっていた彫刻を取り上げ、またひと筋ひと筋と小刀で彫る。木くずが足下の固く引き締まった雪の上に落ちてから、乾いた風に吹かれて飛ぶ。

「それじゃあ、いつか俺がナプカを彫ったら、女神様みたいになるかもしれないね」


どちらかと言うと、あきおは兄に似ている。竹箒を握るフイの手から力が抜けた。あきおと茂の間には血のつながりなんてないのに不思議なことだと思った。でも本当は、似ていることや似ていないことに血の繋がりは関係ないのかもしれない。血縁というものは濃いようで本当はとても薄いものなのかもしれず、だからこそはじめ藪の気配を敵と思ってしまったのだ。

フイは藪に向かって「あきお」と呼びかける。辺りはまばゆい西日のせいで黄色く染まっていた。切り立った斜面の黄土色をした地層から小石がぽろぽろ落ちている。その向こう、山奥の川の源流に近いところでとん、と尻をついた子熊の毛並も黄色く光る。母熊が近づいてきて我が子を前足に抱きかかえると戯れに牙を立ててぎっと頭に嚙みついた。じゃれつくように足をばたつかせ、子熊は母の息のにおいを嗅ぐ。頭を振りながら輪郭のゆらぐ夕陽を見ていた。暗い炎を纏って燃えながら飛ぶからすは、やがて深い森のどこかで燃え尽き、灰になって眠る。悪さばかりして、敵と戦う時とは違う力がフイの中に湧いてきて、もう一度竹箒を握りしめる。

挙句この母を落とし穴に嵌めたことを思い切り叱ってやる。竹箒の柄で赤くなるまでしたたかに尻を打ってやる。

藪の中から子供がでてきた。昼寝から覚めていたらしい子供が藪に身を伏せて母に見つかるのを待っていた。きまり悪さをごまかそうと照れ笑いを浮かべている。こんなところに穴を掘ったのはさすがにまずかったとは思っていたが、落っこちた母が大きな怪我をしていなかったのを見て安堵した。叱られるのが怖くてずっと隠れていたくせに、本当はとても心細かったのだ。

「母さん、からすの雛鳥がね」

あきおは懐に抱きしめるように捕まえていたものを両手で摑み直すと、そうっと母の前に差し出した。それは濡れそぼった灰色の生き物で立ち上がろうと突っ張った細い足の付け根には産毛のような羽があった。半開きの嘴はやわらかそうで、そのたよりなさ、よるべなさに言葉をなくした二人は顔を見合わせ、それからまもなく母は地面にとんと尻をつき、子供は両手で雛鳥を摑んだまま擦り切れた袖に顔をうずめて涙をぬぐった。

〈参考文献〉
橋本太郎『動物剝製の手引き』北隆館、一九五九年
片岡新助『剝製の手ほどき』日本博物館協会、一九五八年
（『ウミガメを砕く』）
田中了著、ダーヒンニェニ・ゲンダーヌ口述『ゲンダーヌ
ある北方少数民族のドラマ』現代史出版会、一九七八年
（『彫刻の感想』）

初出
ウミガメを砕く　「新潮」二〇二三年六月号
彫刻の感想　「新潮」二〇二一年十一月号

Cover Artwork : 中山晃子

ウミガメを砕《くだ》く

発　行　2024年9月25日

著　者　久《く》栖《ず》博《ひろ》季《き》
発行者　佐藤隆信
発行所　株式会社新潮社
〒162-8711　東京都新宿区矢来町71
電話　編集部　03-3266-5411
読者係　03-3266-5111
https://www.shinchosha.co.jp

装　幀　新潮社装幀室
印刷所　大日本印刷株式会社
製本所　大口製本印刷株式会社

ISBN978-4-10-355781-4 C0093

グレイスは死んだのか　赤松りかこ

深山で遭難した調教師の男とその犬グレイス。人と獣の主従関係が逆転する鮮烈な一瞬とは？「シャーマンと爆弾男」（新潮新人賞）を併録する新星のデビュー作。

狭間の者たちへ　中西智佐乃

痴漢加害者の心理を容赦なく晒す表題作と、介護現場の暴力を克明に描いた新潮新人賞受賞作を収録。目を背けたいのに一文字ごとに飲み込まれる、弩級の小説体験！

海を覗く　伊良刹那

海を見た人間が死を夢想するように、少年は彼に美を思い描いた——同級生の「美」の虜になった高校生、その耽美と絶望を十七歳が描く新潮新人賞史上最年少受賞作。

サンショウウオの四十九日　朝比奈秋

あの子だけはどうやったって、わたしをのけ者にできないのだな——同じ身体を生きる姉妹、その驚きに満ちた普通の人生を描く、世界が初めて出会う物語。芥川賞受賞作。

常盤団地の魔人　佐藤厚志

団地の僕たちは、どうしてあんなにバカで痛くてゴキゲンだったんだろう。喘息持ちの気弱な少年が、悪ガキの世界へと踏み出す小さな冒険の一歩。芥川賞受賞第一作。

東京都同情塔　九段理江

寛容論に与しない建築家・牧名沙羅は、犯罪者に寄り添う新しい刑務所の設計図と同時に、正しい未来を追求する。日本人の欺瞞をユーモラスに暴いた芥川賞受賞作！

紫式部本人による現代語訳「紫式部日記」　古川日出男

一条天皇の后が臨月を迎え、皆が固唾を飲んで見守る中、后に仕えるわたしはなぜか感傷的《ブルー》で、グルーミィ。そのわけは――『源氏物語』の作者・紫式部の肉声が甦る。

FICTION　山下澄人

作り話の世界（演劇と小説）でずっと生きてきた。二度の大病をした「わたし」は回顧し、思索する。芥川賞受賞作『しんせかい』に連なる反自伝小説。

浮き身　鈴木涼美

デリヘル開業前夜の若者たちとの記憶に導かれ、私はかつて暮らした街へ赴く。次々と蘇る酷い匂いの青春は、もうすぐ子供が産めなくなる私の、未来への祈りとなる。

カーテンコール　筒井康隆

「おそらくわが最後の作品集」と言う巨匠が最後の挨拶《カーテンコール》として残す、痙攣的笑い、恐怖とドタバタ、胸えぐる感涙、いつかの夢のごとき抒情などが横溢する傑作掌篇小説集！

はだかのゆめ　甫木元空

東京から遁走して着いた四万十川のほとりは、生死の境を越えた空間だった。――映画・音楽・小説、ジャンルを越境した活躍により注目される才能のはじめての小説！

叩く　高橋弘希

闇バイトで押し入った家で仲間に裏切られ、住人と共に残された男――理由も分からず妻に去られた夫、海に消えた父を待つ娘など、すぐ隣の日常に潜む不可思議さを描く作品集。

☆新潮クレスト・ブックス☆

青いパステル画の男

アントワーヌ・ローラン
吉田洋之訳

骨董を愛好する男が、自分そっくりの18世紀の肖像画を落札した。その正体を探す旅に出たところ……。『赤いモレスキンの女』の著者による大人のおとぎ話第三弾。

☆新潮クレスト・ブックス☆

ガルヴェイアスの犬

ジョゼ・ルイス・ペイショット
木下眞穂訳

空から巨大な物体が落ちてきて以来、村はすっかり変わってしまった。村人たちの無数の物語が織り成す、賑やかで風変わりな黙示録。オセアノス賞受賞の傑作長篇。

☆新潮クレスト・ブックス☆

この村にとどまる

マルコ・バルツァーノ
関口英子訳

ダム湖の底に、忘れてはいけない村の歴史が沈んでいる。ムッソリーニとヒトラーに翻弄され、戦後のダム計画で湖に消えた村を描く、30か国翻訳のベストセラー。

遠い声、遠い部屋

トルーマン・カポーティ
村上春樹訳

「早熟の天才、恐るべき子供の出現!」。一九四八年に発表され、その新鮮な言語感覚と華麗な文体でアメリカ文学界に衝撃を与えたデビュー作を、村上春樹が新訳。

☆新潮クレスト・ブックス☆

ある犬の飼い主の一日

サンダー・コラールト
長山さき訳

離婚した中年男ヘンクはICUのベテラン看護師。散歩中、へばった老犬を介抱してくれた女性に心惹かれる……。リブリス文学賞受賞のオランダのベストセラー長篇。

☆新潮クレスト・ブックス☆

別れの色彩

ベルンハルト・シュリンク
松永美穂訳

年齢を重ねた今だからわかる、あの日の別れの本当の意味を——。ドイツの人気作家が、さまざまな別れをめぐる心象風景をカラフルに描く円熟のベストセラー短篇集。